Corazones de diamante
Lynn Raye Harris

Harlequin

Editado por HARLEQUIN IBÉRICA, S.A.
Núñez de Balboa, 56
28001 Madrid

I.S.B.N.: 978-84-9000-413-5
Depósito legal: B-23623-2011
Editor responsable: Luis Pugni
Preimpresión y fotomecánica: M.T. Color & Diseño, S.L.
C/ Colquide, 6 portal 2 - 3º H. 28230 Las Rozas (Madrid)
Impresión en Black print CPI (Barcelona)
Fecha impresion para Argentina: 30.1.12
Distribuidor exclusivo para España: LOGISTA
Distribuidor para México: CODIPLYRSA
Distribuidores para Argentina: interior, BERTRAN, S.A.C. Vélez
Sársfield, 1950. Cap. Fed./ Buenos Aires y Gran Buenos Aires,
VACCARO SÁNCHEZ y Cía, S.A.
Distribuidor para Chile: DISTRIBUIDORA ALFA, S.A.

Prólogo

Reaparece una valiosa joya. Washington, D.C.

Anoche Massimo d'Oro ofreció una fiesta para su hija en su yate, actualmente anclado en el Puerto Nacional. Francesca, la hija menor del hombre de negocios celebró su dieciocho cumpleaños por todo lo alto. A la fiesta acudieron numerosas celebridades de Washington, y se rumorea que la joven lucía un traje confeccionado a medida por la casa Versace. Se calcula que la fiesta ha costado al señor d'Oro más de cien mil dólares.

El regalo que hizo a su hija fue un espectacular diamante amarillo de cincuenta y cinco quilates, conocido como El Corazón del Diablo. Esta joya, que perteneció durante siglos a la familia real de España, desapareció en los años ochenta y la última vez que se supo de ella, estaba en posesión de la familia Navarro, de Argentina.

Capítulo 1

Ocho años más tarde...

—¿Perdón? —Marcos Navarro miró a la figura vestida con ropa oscura que le apuntaba con un revólver.

—He dicho que te muevas.

En aquella ocasión, la voz sonó menos grave. Marcos se separó de la puerta de la habitación del hotel, mostrando las manos para tranquilizar al intruso.

No era la primera vez que era amenazado con un arma, así que no sentía miedo. Los años que había pasado con una guerrilla en la selva de Sudamérica lo habían inmunizado contra el miedo, además de enseñarle que siempre se presentaba una oportunidad para recuperar la posición de ventaja. Al menos mientras tuviera las manos libres

No, no era miedo lo que sentía, sino ira.

La persona que tenía delante era menuda, pero Marcos sabía que no debía confundir el tamaño con la debilidad. La habitación estaba sumida en la oscuridad, así que no podía vislumbrar ningún detalle del intruso. Sólo podía calcular que ser bastante más alto y pesado le proporcionaba cierta ventaja. En cuanto se le presentara una oportunidad, la aprovecharía. La clave estaba en permanecer alerta. Tenía que evitar por todos los medios que lo atara. El recuerdo de una habitación oscura, con un fuerte olor a sudor y el sabor de su propia sangre, estalló en su mente como una granada.

«No. Concéntrate».

—Estás perdiendo el tiempo —dijo con serenidad—. No guardo dinero en mi habitación.

—Cállate.

Marcos parpadeó. La voz rasposa del intruso se había evaporado. La persona que lo amenazaba con un revólver era claramente una mujer. Marcos se relajó levemente.

¿A quién habría ofendido en aquella ocasión? ¿Cuál de sus antiguas amantes estaba tan desesperada como para llegar tan lejos? ¿Fiona? ¿Cara? ¿Leanne?

Aunque era muy generoso con ellas, a veces les costaba aceptar la ruptura. Pero si era una de ellas, ¿por qué no conseguía identificarla? No era tan insensible como para olvidar el cuerpo o la voz de una mujer que le hubiera proporcionado placer.

Mantuvo las manos a la vista mientras iba hacia el centro de la habitación en espera de instrucciones. La mujer se encogió al pasar él por su lado, pero se irguió al instante, como irritada consigo misma.

Se produjo un silencio sólo roto por las aspas del ventilador de techo.

—Dame la joya —dijo ella, ignorando toda pretensión de ser un hombre.

Marcos pensó que eso lo ayudaría a identificarla.

—No sé a qué te refieres.

Ella dejó escapar un resoplido de impaciencia y blandió el revólver, que centelleó bajo la luz de la luna que inundaba la habitación. El descubrir que se había molestado en ponerle un silenciador no contribuyó a que Marcos se tranquilizara.

–Sabes perfectamente que me refiero a El Corazón del Diablo. Si no quieres morir, entrégamelo.

Marcos sabía que habría hecho mejor ignorando las ridículas pretensiones de los d'Oro y que no debía haber llevado consigo la joya a Estados Unidos. Pero su carrera profesional podía verse perjudicada si no terminaba con sus fraudulentas exigencias. La corte argentina ya había dictaminado a su favor. No necesitaba la aprobación de la corte americana para conservar lo que le pertenecía legalmente y por lo que había pagado con su propia sangre.

¿Habrían mandado los d'Oro a aquella mujer? ¿Sería la demanda una mera estratagema para que la pieza volviera al país para así poder robarla? Aunque el viejo Massimo hubiera muerto, sus hijas seguían vivas. De hecho, todavía le resultaba un misterio el sentimiento de frustración que lo invadía al pensar en la menor de ellas, a pesar de la forma en la que lo había manipulado.

Una parte de sí quería seguir pensando que era inocente, pero otra conocía la crueldad de la que era capaz el alma humana. A menudo, la ingenuidad no era más que la máscara de la traición.

–Querida, si me disparas no conseguirás la joya.

–Pero puede que consiga algo mejor –dijo ella con amargura.

Marcos se puso alerta. Había algo en aquella voz...

–Por ahora me conformo con la joya –añadió ella–. Sácala de la caja fuerte.

Marcos sintió la ira avivarse en su interior. ¿Quién era aquella mujer que osaba intentar robarle lo que le pertenecía por derecho de nacimiento? Tendría que impedírselo como fuera.

Poco tiempo después de que fuera robada, cuando era un niño, la junta militar se llevó a sus padres. Nunca volvieron, y se contaron entre los miles de desaparecidos que el partido gobernante mandó matar antes de que, años más tarde, se restaurara la democracia.

Marcos culpaba a su tío más que al diamante. De no ser por la ambición y avaricia de Federico Navarro, su vida habría sido muy diferente. Pero El Corazón del Diablo era todo lo que le quedaba de su familia, y no pensaba permitir que nadie volviera a arrebatárselo.

–Vamos, abre la caja fuerte –insistió la mujer, haciendo ademán de acercarse pero finalmente quedándose donde estaba.

Marcos permaneció inmóvil unos segundos.

–Está bien –dijo finalmente. Y fue hacia la pared donde estaba la caja.

Tras correr el panel de madera que la cubría, hizo girar la perilla a izquierda y derecha hasta que se oyeron los correspondientes «clics» y la puerta se abrió.

–Frankie –se oyó susurrar una voz–. Date prisa.

Marcos se quedó paralizado intentando adivinar de dónde procedía. Había sonado extrañamente etérea.

–Frankie –se oyó de nuevo.

–Calla –dijo ella–. No tardaré.

¡Llevaba un auricular con el que se comunicaba

con alguien en el exterior! Que usara una técnica tan poco sofisticada para un ladrón experto se sumó a las demás incongruencias de la situación.

–Aléjate de la caja –ordenó ella, haciendo un ademán con el revólver–. Y mantén las manos donde pueda verlas.

Marcos retrocedió con las manos en alto. La mujer esperó a que estuviera junto a la pared opuesta para moverse y entonces encendió una linterna con la que iluminó el interior al tiempo que lo palpaba.

–Está vacía –dijo, desconcertada–. ¿Dónde está?

Marcos casi sintió lástima. Casi.

–Tengo otras joyas, ¿por qué no te las llevas a cambio?

–¿Dónde está El Corazón del Diablo? –insistió ella, apuntándolo–. ¿Dónde lo has escondido?

–Olvídalo, Frankie –dijo él, poniéndole énfasis en el nombre–. Has fracasado.

–No eres tú quien da las órdenes, Navarro. Jamás volverás a decirme lo que debo hacer –dijo ella, tan bajo que Marcos no supo si había oído correctamente.

–¿Quién eres? –exigió saber, rabioso.

Antes de que la mujer hablara o le mandara callar, Marcos alargó la mano hacia el interruptor y encendió a luz.

–¡Bastardo! –exclamó ella, parpadeando al ser cegada por la luz pero sin dejar de apuntarlo con el arma.

Marcos ignoró el insulto. Frankie era una mujer muy atractiva, a la que no había visto en su vida. Llevaba el cabello dorado recogido en un moño bajo; tenía la piel pálida y sus ojos avellana lo miraban centelleantes. Vestía un mono de trabajo negro, lo bastante ceñido como para que se pudiera apreciar la voluptuosidad de su cuerpo.

Parecía furiosa y segura de sí misma, pero al verla mordisquearse el labio inferior, Marcos supo que no era invulnerable. Una corriente de deseo lo atravesó y tuvo que decirse que no era el momento para coquetear con una mujer, especialmente cuando ésta le apuntaba al corazón. Intentó memorizar cada detalle. Si la mujer huía, y siempre que no le disparara, tendría que recordar cómo era. Porque fuera quien fuera, iría en su busca y le haría pagar su osadía.

–¿Quién eres, Frankie, y por qué quieres el collar?

Ella entornó los ojos y por primera vez le tembló la mano.

–No tienes ni idea, ¿verdad? –dijo, riendo con sarcasmo–. Claro que no, porque eres egoísta y cruel, Marcos Navarro.

Marcos sintió un zumbido en la mente, como un molesto mosquito, que ignoró para concentrarse.

–El Corazón del Diablo me pertenece. No voy a consentir que me lo robes. Así que vete o dispárame.

–Me encantaría hacerlo –dijo ella, amenazadora–, pero quiero la joya, Navarro, y acabarás dándomela.

Francesca consiguió dominar la ira que sentía. Cuando Marcos había encendido la luz quiso morir. Pero Marcos no había dado la mínima señal de reconocerla.

Y eso le resultó aún más doloroso. Después de

todo, había sido ella, cegada de amor, quien le había dado El Corazón del Diablo. Sólo ella se había sorprendido cuando Marcos se quedó con la joya y desechó su amor. Para quedarse con el diamante la había engañado, haciéndole creer que la amaba.

La joya respondía a su nombre. Se lo había dado al diablo y éste le había devuelto un corazón roto. Y ahora estaba frente a ella, espectacularmente guapo en su esmoquin, mirándola con gesto altanero, como si fuera un insecto.

Frankie sintió su corazón latir como un pájaro enjaulado. Seguía siendo tan hermoso... Alto, de anchos hombros, con una cicatriz en la comisura del labio que le proporcionaba un aire misterioso y salvaje. Tenía una de esas bellezas latinas que hacían postrarse a las mujeres a sus pies. Tal y como ella había hecho estúpidamente.

Enamorarse de las mentiras y del físico de Marcos Navarro había destrozado su vida. Por creer que tenía un futuro con él le había dado lo que quería. ¿Cómo había sido tan ingenua como para creer que un hombre como él pudiera interesarse en ella, una chica regordeta, tímida y fea?

Su hermana había intentado prevenirla, pero ella no la había escuchado porque estaba convencida de que Livia, la hermosa Livia, estaba celosa. Y por no escucharla había llevado a su familia a la ruina.

Marcos la había engañado. A ella y a todos. Pero ella era la única culpable de que el astillero d'Oro hubiera tenido que cerrar, de que su padre se hubiera suicidado, y de que su madre conservara tan sólo una vieja casa en Nueva York.

Apretó el arma con fuerza. Ya no dejaría que la vida la siguiera vapuleando y privándola de las personas que amaba.

Jacques no iba a morir mientras dependiera de ella. El anciano la había cobijado cuando huyó tras la muerte de su padre, le había dado un trabajo y le había enseñado todo lo que sabía sobre el negocio de joyería. Había cuidado de ella en los momentos más duros de su vida, cuando quería morir junto al bebé que nunca había llegado a tener en sus brazos.

Aunque nunca había sentido por Robert lo mismo que por Marcos, había llegado a convencerse de que sólo se debía a una romántica visión de juventud que lo convertía en excepcional. Aunque se había quedado embarazada accidentalmente, en cuanto lo supo, ansió ser madre. Robert, por el contrario, no había manifestado el menor entusiasmo, y la había dejado a los pocos meses.

Cuando perdió el bebé, Jacques fue el único que permaneció a su lado. Por eso lo quería tanto y no pensaba abandonarlo.

—El collar, Marcos —dijo con firmeza—. Dámelo.

—No está aquí, querida. Estás perdiendo el tiempo.

Francesca le apuntó a la ingle.

—Matarte no me daría ninguna satisfacción. En cambio puedo privar a las mujeres de tus habilidades como amante. Te aseguro que tengo muy buena puntería.

Había aprendido por necesidad, y aunque nunca había disparado a nadie, no sentía el menor remordimiento en amenazar a Marcos si con ello lograba salvar a Jacques.

–Seas quien seas, Frankie, te encontraré –dijo él en tono amenazador–. Y cuando lo haga, desearás no haberme conocido.

Frankie sintió que el corazón le daba un vuelco.

–Eso no sería ninguna novedad. Ahora, dame el collar antes de que pierdas la capacidad de tener hijos.

Francesca sintió que se le formaba un nudo al emitir una amenaza que no habría deseado a nadie. Pero tenía que ser fría y calculadora, como él.

Marcos la miró con ojos centelleantes de furia y la mandíbula apretada. Muy lentamente, se llevó una mano a la pajarita, soltó el nudo y la dejó caer al suelo.

Francesca contuvo el aliento al ver que se desabrochaba el primer botón y que quedaba al descubierto la base de su cuello.

–¿Qué haces? No es el momento de intentar seducirme, Navarro –dijo fríamente.

Él metió la mano por debajo de la camisa, tiró de una cadena de plata, se la sacó por la cabeza y se la lanzó a Francesca, que la tomó en el aire. Sujetándola con fuerza, vio que de ella colgaba una llave.

–¿Qué se supone que tengo que hacer con esto?

–Hay una caja de seguridad debajo de la cama. El collar está dentro.

Francesca miró a Marcos con desconfianza.

–Sácala tú –dijo, haciendo un ademán con el revólver.

Marcos se encogió de hombros y fue hacia el dormitorio con aparente indiferencia. Ella lo siguió a distancia para evitar que pudiera alcanzarla si se volvía súbitamente. No podía correr ningún riesgo. Aunque nunca había llegado a conocerlo bien, sabía que era un hombre peligroso, el mismo demonio con envoltura de seda. Eso era lo que le había atraído de él en primer lugar: la promesa de oscuros y peligrosos secretos que ella, siempre protegida en un mundo de privilegiado bienestar, nunca había llegado a atisbar. Eso, y la convicción de que la amaba.

Francesca tuvo que contener una exclamación de rabia. Aquella chica inocente estaba enterrada en el pasado. La mujer en la que se había convertido lo sabía todo sobre oscuros secretos.

Se detuvo en el umbral de la puerta mientras Marcos se acercaba a la gigantesca cama que dominaba la habitación. Las sábanas de seda estaban abiertas, esperándolo, y en la mesilla reposaba una cubitera con una botella de champán y dos copas.

Francesca intentó ignorar la oleada de calor que la invadió. ¿Cómo no habría pensado que esperaba a una mujer? Tenía que conseguir el collar antes de que llegara. Quizá Marcos contaba con ello y estaba haciendo tiempo para que la situación se complicara.

—Date prisa —dijo ella al tiempo que él se arrodillaba junto a la cama—. No intentes nada o te juro que dispararé.

Marcos la miró fijamente.

—¿Intentas convencerme a mí o a ti misma?

Francesca asió el revólver firmemente.

—No me pongas a prueba, Marcos. Y usa sólo una mano —añadió cuando él se agachó debajo de la cama.

Marcos mantuvo una mano en el suelo, donde ella pudiera verla, y alargó la otra. Francesca oyó el ruido de metal antes de ver una caja alargada y negra.

–Ahora deslízala hacia mí y siéntate en la cama –ordenó.

Marcos se puso en pie y dio una violenta patada a la caja hacia ella, que la detuvo con el pie.

–Todavía estás a tiempo de marcharte –dijo él con voz ronca–. Si lo haces, prometo no seguirte.

–Siéntate en la cama –reiteró ella.

Marcos sonrió pero no engañó a Francesca, que sabía que estaba dispuesto a atacar en cualquier momento.

–¡Y yo que creía que sólo te interesaba el collar! –dijo él con sarcasmo.

–Siéntate, Marcos, deprisa.

–Está bien. ¿Me desnudo primero?

Sin esperar respuesta, se sentó y se reclinó relajadamente sobre el cabecero, luego se abrió otro botón de la camisa, dejando a la vista un triángulo de piel morena que Francesca había deseado besar en el pasado aunque no llegara a tener la oportunidad de hacerlo. Por eso era aun más increíble que Marcos no la reconociera. Por mucho peso que hubiera perdido, no había cambiado tanto. Seguía siendo Francesca d'Oro, tan poco atractiva como en el pasado. Eso sólo significaba que nunca había sentido un verdadero interés por ella.

–¿Te gusta lo que ves? –preguntó él, provocativo.

Francesca sacó unas esposas del bolsillo y se las tiró. Marcos abandonó toda pretensión de sarcasmo para mirarla con odio, y otro sentimiento que Francesca no supo interpretar, pero que se parecía al miedo.

–Espósate a la cama y asegúrate de que las cierras bien.

Marcos apretaba las esposas con tanta fuerza que tenía los nudillos blancos.

–Vas a tener que pegarme un tiro –dijo con fiereza–, porque cuando te encuentre haré que tu peor pesadilla se haga realidad.

–No me tientes –masculló ella–. Haz lo que te he dicho.

Marcos la miró con la respiración agitada, pero obedeció. Francesca creyó ver que palidecía, pero pensó que era imposible que Marcos Navarro sintiera miedo.

Tras cerrar las esposas, Marcos tiró de ellas para demostrarle que estaban bien cerradas. Francesca respiró, aliviada. Hasta que Marcos volvió a hablar.

–Pagarás por esto, Frankie, te lo aseguro.

–Cállate –gritó ella, sujetando el revólver con firmeza.

El corazón le latía con tanta fuerza que la ensordecía. Marcos no tenía ni idea de que su peor pesadilla ya se había hecho realidad. Nada de lo que pudiera hacerle podía ser más espantoso que la paliza que le habían dado los matones que habían matado al bebé que llevaba en su seno.

–No quiero hacerte daño, Marcos, pero te juro que lo haré si me obligas a ello.

Se agachó y abrió la caja de seguridad con dedos temblorosos. La adrenalina le recorrió las venas al pensar que en cuestión de segundos tendría El Corazón del Diablo, y que con él, la vida recuperaría su normalidad, Jacques se curaría y podría continuar haciendo sus preciosas joyas, mientras ella regentaba la joyería en la que las vendían.

Una punzada de pánico la atravesó al imaginar lo que podría pasar si Marcos llegaba a encontrarla, pero se tranquilizó diciéndose que aun en el caso de que la localizara, la joya ya habría desaparecido y Jacques se estaría recuperando.

También ahogó el sentimiento de culpabilidad que más de una vez la había asaltado al cuestionarse si actuaba correctamente. Marcos era rico y no necesitaba el collar. Además, la había engañado para que se lo diera. Prometes amar, respetar y cuidar...

Alzó la cabeza bruscamente al oír un ruido en la habitación contigua.

–¿Cariño, dónde estás? –llamó una mujer cuyo acento delataba su pertenencia a una clase social privilegiada, poseedora de riqueza y cultura.

Francesca se quedó paralizada. Ella había disfrutado de esas cosas en el pasado, pero las había perdido por culpa de Marcos.

En realidad nunca había sido feliz, y ni la educación ni las clases de protocolo que había recibido la habían convertido en la hija que su madre deseaba tener. Nunca había alcanzado la perfección de Livia. Escapar había sido un alivio. Al menos hasta que una nueva pesadilla había estado a punto de hacerla enloquecer.

–¿Cariño? –volvió a llamar la mujer.

Francesca alzó el revólver indicando a Marcos que guardara silencio. Para su sorpresa, éste la obedeció mientras ella tomaba la caja y retrocedía hacia la oscuridad del balcón.

Lo último que vio fueron los ojos de Marcos Navarro clavados en ella con un brillo metálico que prometía venganza.

Capítulo 2

JACQUES estaba en la cama, tapado por las mantas hasta la barbilla. Tenía los ojos cerrados y respiraba trabajosamente. Francesca tragó saliva para contener el llanto. Ansiaba contarle que tenía el diamante y preguntarle qué debía hacer, pero si lo hacía, estaba segura de que Jacques se preocuparía por ella.

Gilles, el sobrino de Jacques, la miró con preocupación desde el otro lado de la cama. Él la había ayudado a recuperar el diamante, y Francesca se sentía culpable de haberlo implicado.

Desde el instante que había leído en el periódico que Marcos volvía con El Corazón del Diablo a Nueva York, no había podido pensar en otra cosa que recuperarlo. Pero lograrlo no le había causado ninguna satisfacción. Aunque él le hubiera robado la joya, se arrepentía de la forma en la que lo había conseguido.

Quizá debía haber llamado a Marcos para intentar verlo en persona y pedírselo. ¡Pero qué posibilidades habría tenido de que la escuchara!

No. El tiempo se le estaba acabando a Jacques y también a ella. Livia y su madre habían puesto una demanda aduciendo que les pertenecía, y si la ganaban o si el juez dictaba a favor de Marcos, ella no vería ni un céntimo.

No tenía tiempo ni dinero para pelear judicialmente. No le había quedado otra opción que recuperar la joya por medio del robo. Jacques era mucho más importante para ella que todo eso.

Había hecho todo lo posible para conseguir dinero con el que pagar su tratamiento contra el cáncer, pero ninguna aseguradora estaba dispuesta a darle un crédito. Tragándose el orgullo, incluso había llamado a su madre para suplicarle que le diera dinero, pero debía haber sabido que Penny Jameson d'Oro ya no era millonaria, y que de acuerdo a sus estándares, no le quedaba más que lo justo para vivir. No habría dado un céntimo a nadie, y menos a la hija a la que culpaba de su presente estado de «pobreza».

–Avísame cuando se despierte –dijo Francesca. Y Gilles asintió con la cabeza.

Francesca salió y bajó las escaleras que conducían a la tienda. Era muy afortunada teniendo a Gilles para compartir el cuidado de Jacques sin desatender la joyería.

Sabía que, de haberlo querido, Gilles podría ser más que un amigo. Era de su misma edad, fuerte y lleno de energía, y tenía una colección de novias con las que salía ocasionalmente aunque con ninguna de ellas había llegado a establecer una relación seria.

Pero no quería cruzar esa línea con él por mucho que a menudo se sintiera sola y vacía. Como en aquel instante, en el que el recuerdo de Marcos descubriendo su pecho y sacando la cadena con la llave, la hizo estremecer.

Apartó la imagen de su mente diciéndose que el amor no estaba hecho para ella, y que no era el momento de pensar en un argentino sexy. Tenía que conseguir vender El Corazón del Diablo, y, por más que sintiera un nudo en el estómago, no tenía sentido sentirse culpable después de haber llegado tan lejos.

En cuanto abriera la tienda, haría unas cuantas llamadas discretas para encontrar un comprador.

Al abrir la puerta entró una ráfaga de viento. Hacía una mañana gris y desapacible, que anunciaba el invierno. Su aliento formaba un vaho blanquecino y le recordó a su infancia, en la mansión familiar, cuando las hojas se tornaban doradas y las manzanas perfumaban el aire.

Sólo pensaba en su vida pasada ocasionalmente, pero ver a Marcos había reavivado sus recuerdos. Alguna vez había tratado de imaginar cómo habría sido su vida con él, pero el propio Marcos se había ocupado de hacer sus sueños añicos, y la vida se había ocupado de asestarle el último golpe.

Fue a la pequeña cocina en la parte trasera de la tienda para hacerse un café. Al oír la campanilla de la puerta anunciando que había entrado alguien, Francesca fue a recibir al primer cliente del día con una amplia sonrisa y la taza en la mano.

Un hombre alto se inclinaba sobre una vitrina, dándole la espalda. A través de la puerta se veía a dos hombres de anchos hombros, cruzados de brazos. Francesca sintió un escalofrío. El viejo terror amenazó con paralizarla, pero consiguió vencerlo. Dejó la taza y deslizó una mano hacia el revólver que ocultaba bajo el mostrador.

Hacía meses que no sufrían un intento de robo, pero no estaba dispuesta a correr ningún riesgo. El recuerdo del dolor, de la sangre y del pánico a perder el bebé mientras el ladrón la golpeaba y pateaba la asaltó al tiempo que asía el frío metal de la culata. Después de aquel episodio había aprendido a defenderse, y había descubierto que podía actuar con frialdad si su vida de ello dependía.

–Yo que tú no lo haría –el hombre se volvió y Francesca contuvo el aliento–. Buenos días, Frankie. ¿O prefieres que te llame Francesca?

A Marcos Navarro no le gustaba que se rieran de él, y eso era lo que Francesca había hecho. La mujer que lo miraba no tenía nada que ver con la joven dulce y tímida que había conocido hacía años. ¿Cómo podría haber reconocido a la mujer fría y calculadora que tenía ante sí?

En aquel instante, sin embargo, parecía desconcertada y vulnerable, pero Marcos ahuyentó aquel pensamiento porque sabía que sus instintos estaban demasiado sincronizados con el dolor y el miedo ajeno. Ésa era una de las herencias de una infancia transcurrida en las calles de Buenos Aires. Había aprendido por las malas que no podía salvar a todo el mundo. Y menos aún a Francesca d'Oro. En el pasado había sentido lástima por ella; luego, desprecio. Tras el robo, la odiaba. Además de arrebatarle la joya, le había sometido a una humillación que había jurado no volver a experimentar. Aunque la retención con las esposas había durado poco, un minuto había bastado para hacerle recordar los días de pánico, sangre y dolor, durante los que había permanecido encadenado en una habitación oscura mientras era golpeado para que proporcionara información sobre sus compañeros.

Francesca no sabía nada de aquello ya que nunca se lo había contado, pero eso no le impedía odiarla por haberle recordado la angustia de sentirse indefenso.

Por eso estaba allí: para hacerle pagar por sus actos.

Un ruido en las escaleras llamó la atención de Francesca antes de que se hubiera recuperado de la sorpresa. Dio un paso en esa dirección, pero no lo suficientemente deprisa como para que le diera tiempo a impedir que un hombre bajara los últimos peldaños y, al verlo, mirara a Marcos con abierta hostilidad.

—¡No, Gilles, no vale la pena!

Francesca y Gilles intercambiaron una mirada que hizo que a Marcos se le hiciera un nudo en el estómago. La forma en que aquel hombre miraba a Francesca y la muda comunicación que había entre ellos...

Francesca se volvió hacia él.

—Marcos...

—Dile a tu amante quién soy, Francesca, y lo que significo para ti.

Ella enrojeció a la vez que su expresión se endurecía.

—¿Cómo te atreves? Tú no significas absolutamente nada para mí.

—No es eso lo que dijiste cuando prometiste amarme, respetarme y obedecerme el esto de tu vida.

Francesca no se molestó en mirar a su amante y Marcos asumió que éste sabía lo que había habido entre ellos. Sólo así habría conseguido convencerlo para que la ayudara a robar el collar. Porque Marcos estaba convencido que la voz que había oído la noche anterior le pertenecía.

–Ya no estamos casados, Marcos. ¿No recuerdas que te marchaste y que no litigaste contra la anulación?

Marcos deslizó la mirada por el cuerpo de Francesca cuyo holgado jersey negro y vaqueros no conseguían esconder sus curvas. De haber tenido aquel aspecto a los dieciocho años, Marcos dudaba que le hubiera resultado tan fácil volver a Argentina tras la boda.

Había perdido el exceso de peso, se había quitado las gruesas gafas y su cabello, que antes llevaba en una poco favorecedora melena, caía por su espalda como oro líquido. Sus sensuales labios nunca le habían resultado tentadores en el pasado.

Cuando volvió la mirada a sus ojos color avellana, vio que lo observaban con odio, y Marcos se preguntó cómo lo mirarían una vez se vengara de ella.

–Querida, será mejor que me des El Corazón del Diablo –dijo con fría amabilidad.

Ella alzó la barbilla.

–¿Cómo me has localizado tan pronto?

–No pensarás que soy tan ingenuo como para confiar en tu familia. He instalado un microchip con un GPS en el collar.

Francesca lo miró con ojos centelleantes.

–Me pertenece, Marcos. Me lo robaste la noche de bodas.

–Si no recuerdo mal, me lo regalaste, mi amor.

–No lo habría hecho de haber sabido que ibas a abandonarme.

–Claro, pensabas que me habías comprado, ¿verdad? Que tu papaíto te conseguiría cualquier cosa que le pidieras.

Francesca enrojeció.

–¡Eres repugnante!

Marcos se encogió de hombros con indiferencia a pesar de que estaba furioso consigo mismo porque era cierto que se había vendido. Ansiaba tanto recuperar El Corazón del Diablo que había pasado meses intentado convencer al padre de Francesca que se lo vendiera, aunque no tenía el dinero para comprarlo.

Pero Massimo d'Oro era un manipulador y le había regalado la joya a su hija. La culpa era sólo suya, pensó Marcos, por haberle dedicado tanta atención. La encontraba dulce e inocente, una especie de Patito Feo que vivía bajo la sombra de su hermosa hermana, Livia, y había acabado dejándose atrapar en la red. Ver como su rostro se iluminaba cada vez que se dirigía a ella había incrementado su deseo de protegerla. Hasta el día en que su padre le comunicó que si quería obtener el collar y que él lo ayudara a defender Industrias Navarro del ataque de Federico, tendría que casarse con Francesca. En ese momento Marcos se había dado cuenta de que era igual que las demás d'Oro, vanidosa, mimada y superficial. La única diferencia era que, al no ser hermosa, tenía que usar otras armas, y él se había dejado engañar.

–Cuando te casaste conmigo no me encontrabas tan repugnante, querida –hizo un ademán con la mano–. Pero olvidemos el pasado. O me das el collar o haré que mis hombres destrocen la tienda en su busca.

—Es mío, Marcos —dijo ella con firmeza—. Pero estoy dispuesta a vendértelo por un precio justo.

Francesca se apoyó en la puerta del Bentley y tiró de la manija por enésima vez. Sabía que el resultado iba a ser el mismo, pero estaba tan furiosa que tenía que hacer cualquier cosa para no atacar al hombre que conducía. Ya había gritado hasta quedarse ronca.

Su reacción la había desconcertado. No pensaba que le pagaría ni un céntimo por el collar, y desde luego no había imaginado que fuera a raptarla a plena luz del día tras ordenar a sus matones que arrasaran la tienda.

Gilles había intentado salvarla a pesar de que ella le había rogado que no se pusiera en peligro, pero uno de los hombres de Marcos lo había retenido, apuntándolo con un revólver. Gilles había permanecí quieto, con los puños apretados con furia.

Francesca cerró los ojos para contener las lágrimas. Confiaba en que a Jacques no le hubieran despertado ni los gritos ni el ruido de los cajones abriéndose y cerrándose. Pero, ¿qué sería de él sin ella? ¿Cómo iba a poder Gilles cuidar de Jacques y mantener la joyería abierta al mismo tiempo?

Alguien tenía que ocuparse de recoger las medicinas de Jacques, de hacer su caldo favorito y encargar el material para el taller. Aunque apenas trabajaba, ocasionalmente hacía algunos diseños en cera que luego Gilles fundía en metal y lijaba hasta obtener la pieza sobre la que engarzar la gema.

¡Jacques...! Francesca se mordió el puño para contener el llanto.

—¿También lloraste cuando me marché, Francesca?

Ella se volvió hacia Marcos bruscamente.

—¡No estoy llorando! —dijo entre dientes, aunque la humedad de sus mejillas indicaba lo contrario—. Y jamás lloraría por ti.

—¡Qué lástima!

—¿Dónde me llevas?

Marcos entornó los ojos.

—A Buenos Aires, mi amor.

El corazón de Francesca se aceleró.

—¡No puedes hacer eso! ¡Hay personas que me necesitan!

—Te lo advertí —dijo él con una fingida dulzura que contradecía la furia de su mirada.

Francesca tuvo la convicción de que disfrutaba torturándola.

—Estoy segura de que no quieres hacer esto.

—Te equivocas. ¿Recuerdas el juramento que hiciste, Frankie? —Marcos alisó una arruga imaginaria de la manga de su camisa.

—¡Deja de jugar conmigo! Y no me llames Frankie.

Marcos la atravesó con sus ojos azabache.

—Creía que te gustaba. ¿Es un apelativo cariñoso exclusivo de tu amante?

Francesca se abrazó para protegerse del frío que sentía. Aquel hombre no se parecía en nada al joven argentino que la había cautivado, pero no debía olvidar que entonces sólo la trataba bien para ganarse su afecto y engañarla.

En cuanto consiguió lo que quería la dejó para que

se enfrentara a la humillación a solas. ¡Ni siquiera la había besado jamás! Habían estado casados tres horas y aparte de un beso en la mejilla cuando el juez de paz dio la ceremonia por concluida, nunca se habían besado.

–Tienes que dejarme ir. ¡Jacques me necesita!

–Ah, sí, el dueño de la joyería. ¿También es tu amante?

Francesca miró a Marcos indignada.

–¡Te has tomado tantas molestias para localizarme y ni siquiera sabes que Jacques Portier tiene setenta y cinco años, y que sin mi ayuda puede morir! –Marcos permaneció tan frío e indiferente que Francesca no pudo contener un sollozo–. Necesito el collar, Marcos. Necesito el dinero para salvar a Jacques.

Marcos frunció los labios.

–Una historia poco convincente, Francesca. Olvidas que sé de lo que eres capaz. Puede que ese Jacques esté enfermo, pero sólo lo utilizas para hacerme sentir lástima. Eso siempre se te ha dado bien.

–No –Francesca se inclinó hacia él intentando demostrarle que su desesperación era sincera–. Iré contigo y haré lo que me pidas, firmaré un documento diciendo que te he dado el collar y que mi madre y mi hermana no pueden reclamarlo, pero a cambio tienes que ayudar a Jacques, por favor.

Marcos la miró en silencio tanto rato que Francesca temió que no la hubiera oído.

–Tengo una idea mejor –dijo finalmente, bajando la voz hasta el punto de que Francesca tuvo que aproximarse aún más para oírle.

–Haré lo que quieras –dijo.

–Te creo –dijo él, tras dejar que su mirada vagara por el cuerpo de Francesca.

El aire se electrizó y a Francesca se le aceleró el corazón, pero se dijo que no era más que una manifestación del odio que sentían el uno por el otro.

–Vendrás conmigo a Buenos Aires, querida.

–Está bien –replicó ella automáticamente, aunque la idea la llenaba de angustia.

Tenía que recordar que lo único importante era que Marcos usara su dinero para salvar a Jacques, y si para ello tenía que bailar encadenada, lo haría. Aun así, no pudo contener su curiosidad.

–¿No bastaría con que firmara un documento ante notario?

–Es posible. Pero prefiero mi solución: vas a volver a casarte conmigo, Francesca, pero esta vez se tratará de un matrimonio de verdad.

Francesca se quedó sin aliento. Entre todas las cosas que estaba dispuesta a hacer para salvar a Jacques, Marcos había elegido la más dolorosa.

–Es una locura. Ni lo sueñes.

–Está incluido en el precio que estoy dispuesto a pagar.

Francesca cerró los ojos e intentó respirar con normalidad. Marcos jugaba con ella como parte de su venganza, aunque no conseguía comprender en qué podía beneficiarle cuando ni quisiera se sentía atraído por ella.

¿Sabría lo de su antiguo novio y lo del bebé que había perdido? No había vuelto a estar con un hombre desde el aborto. ¿Pretendía Marcos atormentarla? ¿Estaría hablando en serio?

Al decir que haría cualquier cosa no había considerado aquella posibilidad, la que más la aterrorizaba de todas. Aunque ya no fuera la joven inocente en peligro de perder su corazón, ¿no sería una tortura forzarla a una intimidad que sólo podía hacerle recordar lo que no tenía, lo que nunca tendría, el bebé que nunca acunaría en sus brazos?

–Tú no me quieres –dijo, ahogándose.

–Permanentemente, no. Pero sí el tiempo suficiente como para que tu familia se dé por vencida respecto a El Corazón del Diablo.

Francesca sabía que debía conservar la calma para poder enfrentarse a la situación. Entrelazó sus dedos temblorosos sobre el regazo. Había aprendido a distanciarse y a controlar sus emociones, y aquélla era la oportunidad de demostrarlo.

–¿De cuánto tiempo estamos hablando, Marcos?

–¿Tres, seis meses? –dijo él, encogiéndose de hombros.

¡Seis meses! ¡No podría soportarlo!

–Firmaré lo que quieras y permaneceré en Buenos Aires, pero no tiene sentido que nos casemos.

–Te equivocas –dijo él. Y su voz sonó como el restallido de un látigo–. El diamante me pertenece, pero hasta que nos casemos se seguirá cuestionando mi derecho a poseerlo.

Francesca sintió que se ahogaba.

–¿Cómo puedo saber que cumplirás tu palabra respecto a Jacques?

–Firmaré un documento.

Francesca cerró los ojos y tragó saliva.

–Nuestro matrimonio no tiene por qué ser más que

un papel –dijo, sintiendo que las palabras le cortaban como una navaja de afeitar–. Puedes seguir viendo a quien quieras. Cuando nos divorciemos, nadie tiene por qué saberlo.

La cicatriz que Marcos tenía en la comisura de los labios le daba un aspecto temible y sensual a un tiempo. Cuando sonreía de medio lado le daba aspecto de depredador.

–Pero yo sí lo sabría, Francesca.

Marcos le tomó la mano y se la llevó a los labios. El cuerpo de Francesca reaccionó en cuanto la tocó, despertando sus sentidos, devolviendo a la vida partes de su cuerpo que llevaban años anestesiadas.

–¡No me toques! –dijo, soltándose.

Marcos sonrió malévolamente.

–No tengo intención de ver a otras mujeres. Mientras estemos casados, pienso cumplir con mis votos matrimoniales.

Puesto que no la deseaba, la única explicación posible a la actitud de Marcos era que quisiera torturarla, pero si no accedía, ponía la vida de Jacques en peligro.

Uniendo a las dinastías d'Oro y Navarro, el mundo entero reconocería su derecho a poseer El Corazón del Diablo. Sólo así se sentiría satisfecho. En cuanto lo consiguiera, probablemente la dejaría marchar.

–Antes, tendrás que redactar y firmar el documento.

Marcos sacó el teléfono del bolsillo y marcó un número. Tras dar una serie de órdenes hablando en español, guardó el teléfono con una sonrisa triunfal.

–Los contratos estarán listos cuando lleguemos.

–Preferiría verlos antes de dejar Nueva York.

–Lo siento, pero mi avión privado está listo para despegar.

–Seguro que puedes pedir que espere.

–Pero no pienso hacerlo –dijo Marcos, dirigiéndole una mirada heladora.

–No puedes obligarme a embarcar –dijo ella, en un último intento de retarlo.

–Si es preciso, te llevaré en brazos, Francesca.

–Gritaré hasta que alguien acuda en mi ayuda.

–¿Y arriesgar con ello la vida de Jacques? Lo dudo.

–Te odio –musitó Francesca antes de girar la cabeza y mirar por la ventanilla mientras una lágrima rodaba por su mejilla.

Tras una pausa, Marcos habló con la suavidad del terciopelo y la dureza de un diamante.

–Quizá ésa sea la única manera de que nos comprendamos.

Francesca cerró los ojos. Lo que comprendía era que acababa de vender su alma al diablo, y que los tratos con el diablo nunca acababan bien.

Capítulo 3

EL VUELO a Buenos Aires duró más de diez horas y aunque viajaron en el lujoso y confortable avión de Industrias Navarro, para cuando llegaron, Francesca estaba exhausta. Apenas había dormido desde la noche anterior, cuando había asaltado a Marcos en el hotel.

Aunque era de noche, las luces de la ciudad iluminaban el cielo nocturno con un resplandor rosáceo. Francesca tropezó al bajar la escalerilla y Marcos la tomó por la cintura, bajando con ella hasta la pista. Sus dedos la quemaban a través de la ropa.

Un elegante Mercedes los esperaba. Francesca se sentó lo más alejada posible de Marcos y éste se puso a hablar por teléfono en su melodiosa lengua materna. Francesca hablaba francés y alemán aceptablemente y podía leer latín, pero nunca había aprendido español.

Cuando terminó la conversación, guardó el teléfono y ambos guardaron silencio mientras el coche se adentraba en la ciudad. Aunque viajaban a gran velocidad, Francesca se fijó en el gran obelisco que ocupaba el centro de una majestuosa avenida. Marcos le contó que se había erigido allí para conmemorar el cuatrocientos aniversario de la fundación de la ciudad.

–A veces se organizan conciertos a su alrededor– añadió.

Y Francesca se dio cuenta de que estaba rodeado por un gran semicírculo de césped y una plataforma que podía acoger a un grupo numeroso de gente. De hecho, aunque era de noche, se veía mucha gente paseando alrededor. Incluso vio una pareja bailar el tango, aunque se la ocultaban el círculo de curiosos que la observaba.

A pesar de lo cansada que estaba y de la razón por la que estaba allí, el colorido y el bullicio de la gran ciudad la atraparon. Durante su infancia había viajado mucho, pero nunca había ido a Sudamérica. A su madre le encantaba ir a París, a Roma y al Mediterráneo, y mientras Francesca y Livia permanecían encerradas en el hotel con sus tutores, ella se dedicaba a ir a desfiles de moda y a comprar compulsivamente. Quizá ésa era una de las razones de que la fortuna de su padre hubiera desaparecido con él. Penny Jameson d'Oro ya no viajaba al extranjero, algo de lo que responsabilizaba a Francesca al cien por cien.

–No recuerdo haber visto nunca una avenida tan ancha –dijo precipitadamente, ahuyentando los oscuros pensamientos que la asaltaban siempre que pensaba en su madre.

–Es lógico. Se trata de la Avenida 9 de julio. Tiene doce carriles.

–¿Dónde vamos? ¿Falta mucho para llegar? –a pesar la inquietud que sentía, Francesca estaba deseando acostarse.

–Estamos a punto de llegar. Mi familia vive en Recoleta.

–Creía que estábamos en Buenos Aires.

–Recoleta es un barrio.

–¿Es allí donde creciste?

Marcos apretó los labios.

–No. Cuando se llevaron a mis padres, fui a vivir con unos familiares.

A Francesca le sorprendió que eligiera esa expresión en lugar de «murieron» o «desaparecieron».

–¿Cómo que «se llevaron»?

–Es una larga historia, Francesca. Algún día te la contaré. Basta que sepas que reclamé la casa familiar y que ahora vivo en ella.

El coche tomó una calle bordeada de casas señoriales que recordaban a París. Pronto llegaron ante una verja de hierro que se abrió automáticamente. Tras traspasarla, el coche se detuvo ante una imponente fachada blanca.

Una exuberante colección de palmeras y macizos de flores decoraban un pequeño patio previo a la entrada. Un hombre uniformado acudió a recibirlos en cuanto bajaron del coche.

–Bienvenido, señor Navarro.

–Gracias, Miguel. Es un placer volver a casa.

Un grupo de hombres se aproximó al maletero posterior y retiraron el equipaje. Marcos condujo a Francesca a un magnífico vestíbulo con una gran araña de cristal, suelo de baldosas blanco y negro en diamante y un enorme espejo veneciano ocupando una de las paredes. Su elegancia hizo que a Francesca se le hiciera un nudo en el estómago. Ella había dejado atrás aquel tipo de lujo y todo lo que conllevaba. Aquel lugar le hacía sentir insignificante. ¿Cómo iba a poder vivir allí interpretando el papel de esposa de Marcos y no derrumbarse?

Marcos le tomó la mano súbitamente y se la besó. Llevaban horas sin hablarse, y el gesto la tomó desprevenida y despertó su suspicacia.

Marcos la observó con una mezcla de odio y deseo que la desconcertó tanto como su tacto, que despertó cada célula de su cuerpo.

—Hasta mañana, mi amor. Juanita te acompañará a tu dormitorio.

Una joven con uniforme que estaba en un lateral, hizo una genuflexión cuando Francesca la miró. Luego ésta se volvió hacia Marcos de nuevo.

—Por favor, no me llames eso —dijo en un susurro. Darse cuenta de que era mucho más vulnerable de lo que había creído la mantenía en estado de shock, y le hacía temer su reacción ante cualquier intento de aproximación de Marcos.

Él arqueó una ceja con sorna.

—¿Prefieres que te llame Frankie?

Francesca liberó su mano en cuanto él aflojó la presión.

—Claro que no. Me refiero a «mi amor». Sabes que no lo soy.

—Desde luego que no, pero recuerda que nos casaremos pronto y que tenemos que mantener las apariencias.

Francesca sintió que el corazón le daba un vuelco. Sólo al entrar en aquel... palacio, se había dado cuenta de lo que había hecho al acceder a las condiciones de Marcos. Tuvo que recordarse que todo lo hacía por Jacques.

—No hace falta que finjamos que nos queremos —dijo.

Ya iba a ser bastante difícil superar los siguientes meses como para tener que mostrarse cariñosa con aquel hombre, cuando había tardado años en erigir una muralla a su alrededor para protegerse del dolor que le había causado la brutalidad con la que la había abandonado.

Marcos la miró con severidad.

—Te equivocas, Francesca. Como mi esposa, tendrás que acudir a muchos actos públicos y vas a tener que demostrar lo feliz que eres a mi lado. ¿Comprendes?

Francesca sintió que las rodillas le flaqueaban, y bien por cansancio o por miedo, perdió el equilibrio. Marcos evitó que cayera al suelo, tomándola en brazos y sujetándola contra su pecho.

—Estoy bien —dijo con voz quebradiza—. Déjame en el suelo

Marcos masculló algo ininteligible antes de dar una orden sin dirigirla a nadie en particular y encaminarse hacia la escalera que ascendía en curva al piso superior.

—No es más que cansancio —dijo ella, sintiendo una mezcla de vergüenza y de excitación por la proximidad física de Marcos.

Nunca había estado tan cerca de él. Ni siquiera estando casados la había abrazado; jamás había sentido la fuerza de sus brazos rodeándola. ¡Cuántas veces había soñado con que la condujera así al dormitorio, la echara sobre la cama susurrándole al oído palabras provocativas antes de desnudarla y hacerle el amor toda la noche!

Pero entonces tenía dieciocho años, y en el presente, era una pesadilla ser consciente de que despertaba sensaciones en ella que ningún hombre había despertado en los últimos cuatro años.

Juanita los adelantó precipitadamente y abrió una puerta. Marcos entró en la habitación y depositó a Francesca en un pequeño sofá que había junto a la ventana. Ella cerró los ojos momentáneamente y al abrirlos vio que Marcos la observaba.

–Si estás embarazada de tu amante, será mejor que lo digas ahora mismo.

Francesca recibió aquellas palabras como una bofetada y tuvo ganas de llorar y reír a la vez de rabia, pero se mordió el labio y sacudió la cabeza.

– Sólo estoy agotada –dijo, rabiosa–. Necesito descansar.

–Si es así, no te importará que lo compruebe haciéndote un análisis de sangre.

Francesca lo odió con toda su alma, pero pensó en Jacques y decidió mostrarse sumisa.

–Hazme los análisis que quieras. No tengo nada que ocultar.

–Estás temblando –dijo Marcos con el ceño fruncido.

–Se me pasará en cuanto te vayas.

Marcos apretó los labios en un gesto que Francesca reconoció como de enfado. Pero le dio lo mismo. También ella estaba enfadada

–Por favor, márchate, Marcos –dijo débilmente–. Quiero estar sola.

Él se acercó en actitud amenazadora.

–Puedes quedarte sola y pensar en tu amante por esta noche, pero desde mañana nos comportaremos como una pareja feliz.

Antes de que Francesca pudiera reaccionar, salió a grandes zancadas y cerró de un portazo. La doncella llegó unos segundos más tarde y le preparó un baño ignorando las protestas de Francesca, que le indicó que lo haría ella misma.

Lo cierto fue que en cuanto se sumergió en el agua perfumada se sintió mucho mejor. Cerró los ojos y, maldiciendo a Marcos, apoyó la cabeza en la almohada de baño que le había dado Juanita.

La mujer que lo había amado era una niña inocente. Desafortunadamente, la mujer del presente podía incluso desearlo, pero nunca lo amaría.

Intentó olvidar la forma en que su cuerpo había reaccionado al sentirse en sus brazos y el anhelo que había despertado en ella de entrelazar sus piernas alrededor de su cintura y sentir la presión de su cuerpo moviéndose en su interior.

Era desconcertante despertar al deseo cuando llevaba tanto tiempo aletargada. Hizo correr el agua fría para borrar las fantasías que su mente invocaba, salió de la bañera y se secó enérgicamente. Dudó si buscar en su equipaje la camiseta de algodón que usaba para dormir, pero finalmente optó por el pijama de seda que Juanita había dejado sobre la cama.

A pesar de lo cansada que estaba, permaneció despierta un buen rato, escuchando los ruidos de la casa y deseando estar en su pequeño apartamento. Estaba a punto de dormirse cuando un ruido la espabiló. ¿Eran imaginaciones suyas o alguien gritaba? Se incorporó en la cama y prestó atención. Se trataba del sonido inconfundible de una voz masculina, áspera y sofocada, llena de angustia. Francesca se levantó y fue hasta la puerta sigilosamente. ¿Acaso sólo lo oía ella? ¿Debía pedir ayuda?

Entreabrió la puerta y escudriñó el descansillo. El sonido volvió a repetirse tras la puerta que quedaba frente a la suya, y el pulso se Francesca se aceleró mientras se acercaba a ella. Quienquiera que estuviera al otro lado necesitaba ayuda. Pero ¿y si se equivocaba y su intervención era recibida como una intromisión?

Buscó el picaporte a tientas, pero la puerta estaba cerrada con llave. Volvió a oír un grito y olvidó toda reserva. Había sido un grito de dolor.

Francesca llamó con los nudillos. Los gritos cesaron y unos segundos más tarde, la puerta se abrió de par en par y apareció Marcos, sudoroso y perturbado.

Francesca retrocedió un paso al ver la angustia reflejada en su rostro.

–He oído algo... No sabía...

–No corres ningún peligro –dijo él con frialdad–. No tienes de qué preocuparte.

Francesca pestañeó, pensando que no la había comprendido.

–Pensaba que alguien necesitaba ayuda.

–No pasa nada –Marcos pareció titubear, pero enseguida recuperó el semblante áspero–. Vuelve a la cama –añadió. Y cerró la puerta.

Francesca se quedó paralizada en la oscuridad, preguntándose si no habría sido más que un sueño o si debía volver a llamar y asegurarse de que Marcos estaba bien. Finalmente, volvió a su dormitorio y pasaron horas hasta que concilió el sueño.

Marcos se tumbó en el suelo, resistiéndose a volver a la cama empapada de sudor, y porque la dureza del suelo le recordaba a las noches pasadas en la selva. O en la calle.

Hacía tiempo que no sufría pesadillas tan intensas, pero empezaban a repetirse regularmente. Haber estado esposado a la cama era una de las causas, y eso que no había sido más que durante unos minutos y no durante semanas, como cuando había caído en manos de sus enemigos. Aun así, la experiencia le había hecho revivir aquellos espantosos momentos, convirtiéndolo una vez más en un animal cuya única obsesión era sobrevivir.

Pensó en Francesca al otro lado de la puerta, con cara de preocupación y el cabello alborotado, y sintió una mezcla de odio y de deseo que lo asustó. Al verla, había tenido que reprimir el impulso de obligarla a entrar y hacerle el amor durante horas. También había querido castigarla por contribuir a desenterrar los recuerdos del pasado.

Como en otras ocasiones, se cuestionó la decisión de secuestrarla en lugar de haberse limitado a volver con el diamante a Argentina y dejarla atrás. Pero ya no había remedio: tendría que llevar a cabo su plan. No estaba dispuesto a perder lo que tanto esfuerzo le había costado conseguir. Y tal y como había hecho hasta el momento, superaría sus pesadillas.

–¿Clases de español? –Francesca parpadeó al ver el calendario que Marcos le acababa de dar, en el que cada día estaba ocupado con citas, clases de español, lecciones de cultura general, de tango...

Era casi mediodía. Había dormido más de lo habitual y, tras ponerse una blusa azul clara y unos vaqueros blancos, bajó, rogando que Marcos se hubiera ido a trabajar y la hubiera dejado sola.

Sin embargo, Marcos la esperaba y cuando la vio le dirigió una mirada implacable. Estaba espectacular con una camisa blanca y unos pantalones tostados. Llevaba las mangas dobladas, y en uno de sus antebrazos se veía un tatuaje con dos espadas entrecruzadas, que Francesca no recordaba haber visto ocho años atrás, pero tampoco recordaba haberle visto los brazos desnudos.

–Es imprescindible –dijo él.

–¿Para qué si sólo voy a pasar aquí unos meses? Marcos se encogió de hombros.

–¿Qué sentido tiene hacer cualquier cosa, Francesca? ¿Para qué levantarse a ver el amanecer, por qué tomar un helado o leer un libro, o dar un paseo por la playa? Porque vale la pena, eso es todo. Como vale la pena que, mientras estés aquí, aprendas español. Tómatelo como una aventura.

–No me gustan las aventuras –replicó ella–. Prefiero las rutinas y recuperar la vida que tenía hasta ahora.

–Recuerdo que te comportabas como un conejillo asustado.

Francesca se ruborizó.

–Era muy tímida.

Marcos rió con sarcasmo.

–¡Qué gran excusa! Ya no puedes engañarme.

–Ni lo pretendo. No me analices, Marcos.

–Era un comentario, no un análisis –dijo él. Y al meter las manos en los bolsillos, las mangas se deslizaron hacia abajo y el tatuaje quedó tapado.

–¿Por qué tienes ese tatuaje? –preguntó ella, más que nada por distraer la atención de sí misma.

Marcos alzó la manga para mostrarlo.

–No me lo hice porque quisiera, sino porque tenía que mostrar mi lealtad.

–¿A quién?

Marcos la quemó con la mirada.

–No quieres saberlo.

–Te equivocas. ¿Tiene algo que ver con las pesadillas?

En lugar de reaccionar, Marcos se acercó a ella y poniendo un dedo bajo su barbilla le hizo alzar el rostro hacia él.

–No pienso contártelo. Tu primera clase de español empieza en una hora.

–¿Lo conservas como recuerdo? Ahora pueden quitarlos con láser –dijo ella, negándose a dejar el tema.

Marcos desvió la mirada.

–No es asunto tuyo, Francesca.

Francesca carraspeó y miró el calendario de nuevo.

–No tiene ningún sentido que aprenda a bailar el tango.

–Es el baile tradicional argentino.

–No recuerdo que tú aprendieras a bailar country para casarte conmigo.

–El country no es un baile tradicional y tú sólo eres americana a medias –Marcos frunció el ceño–. De hecho, no recuerdo haberte visto bailar nunca.

–No me gusta.

No era verdad. Lo cierto era que siempre había sido muy torpe y que mientras Livia destacaba en las clases de ballet, ella estaba demasiado gorda para subir la pierna a la barra y su madre le había obligado a ponerse a dieta. Tardó dos meses, pero finalmente lo consiguió y, a pesar de la completa ausencia de elegancia en sus movimientos, se empeñó en seguir bailando ballet.

Marcos se pasó la mano por el cabello.

–Tienes que aprender porque mi esposa debe saber bailar el tango.

Esa palabra hizo que la recorriera un escalofrío, junto con otra sensación que no quiso analizar.

–Todavía no he visto el contrato, así que no sé cuáles son las cláusulas.

–Pronto lo tendrás. De todas formas, no recuerdo que a mí se me consultara nada sobre nuestro matrimonio –dijo Marcos con rabia contenida.

Francesca sintió que le ardían las mejillas. Había sido tan tonta como para creer que era una boda de verdad.

–No fue culpa mía.

–¿Ah, no? Yo fui amable contigo y tú asumiste

que me convertía en una de tus posesiones –Marcos maldijo–. Mandaste a tu padre a comprarme, Francesca. No finjas que no lo sabías.

Francesca sintió que le hervía la sangre. Estaba harta de que se la culpara de un matrimonio fraudulento y de las terribles consecuencias que había tenido en las vidas de tantas personas. Aunque Marcos creyera lo contrario, la desconfianza era mutua.

–¿Por qué fuiste amable conmigo, Marcos? ¿Confiabas en que mi padre te diera permiso para casarte conmigo? ¿Asumías que era tan ingenua y estaba tan ciega como para darte El Corazón del Diablo?

Marcos la miró airado.

–¿Cómo te atreves a culparme? Tú eras la que, consentida como todas las mujeres d'Oro, acostumbrabas a salirte siempre con la tuya. Y en ese momento, me querías a mí y nada podría haberte detenido. Yo sí que fui ingenuo al creer en tu fingida inocencia y timidez.

¿Marcos creía que era como su madre o como Livia? De no haberse sentido tan humillada, Francesca habría reído. Estaba claro que Marcos no tenía ni idea de cómo era y que todo lo que ella había creído de él era una gran mentira. Por más que lo supiera hacía años, confirmarlo una vez más hacía sangrar la herida de nuevo.

Francesca clavó un dedo en el pecho de Marcos.

–No hacía falta que un hombre como tú fuera amable conmigo cuando yo no significaba absolutamente nada para ti. Si lo hiciste fue porque conquistarme formaba parte de tu plan.

Marcos dejó escapar una exclamación.

—Cuando te conocí ni siquiera poseías el collar. Si fui amable contigo fue porque me dabas lástima.

Francesca contuvo el aliento. Aunque siempre lo hubiera sospechado, oírlo en labios de Marcos fue como recibir una bofetada. ¿Por qué era tan doloroso después de tantos años, y cuando durante aquel tiempo había sufrido golpes aún más crueles?

Francesca se alejó de él y respiró profundamente. Luego se volvió y con labios temblorosos, dijo:

—Supongo que entre otras cosas sentías lástima de los veinte kilos que me sobraban.

Marcos la miró con expresión velada.

—El peso no es importante.

Francesca rió.

—No, claro que no. Por eso todas las mujeres con las que sales están esqueléticas. Pero no te preocupes, que no pienso avergonzarte comiendo en exceso.

—Lo que pese una mujer sólo es importante para ella —dijo Marcos—. Si está cómoda en su cuerpo da lo mismo lo obesa que sea.

—¡Eres un hipócrita! —exclamó Francesca, indignada—. Jamás me besaste porque te daba asco.

—Si no te besé fue porque estaba enfadado —Marcos dio un paso hacia ella, acosándola—. Y sigo estándolo. Pero tienes razón, debía haberme aprovechado de ti y de todo lo que estabas dispuesta a ofrecerme.

Francesca retrocedió un paso, asustada por la forma en que Marcos la miraba. Lo había retado y tenía que asumir las consecuencias.

—No sé qué estás tramando, pero no te atrevas a besarme. Es demasiado tarde.

—Nunca es demasiado tarde —dijo él, tirando de ella hacia sí.

Antes de que Francesca pudiera asimilar las miles de sensaciones que despertaba en ella sentirse aprisionada contra el pecho de Marcos, él agachó la cabeza y se apoderó de sus labios.

Capítulo 4

FRANCESCA intentó separarse de Marcos, pero él la retuvo posando una mano sobre la parte baja de su espalda y asiéndola con la otra por la nuca para hacerle ladear la cabeza al tiempo que introducía la lengua entre sus labios. Francesca los cerró para rechazar el beso, pero olvidó toda resistencia al sentir la sensual boca de Marcos contra la suya.

Años atrás había soñado que Marcos la besaría con delicadeza y dulzura. Pero aquel beso no tuvo nada delicado, sino que fue apasionado y ardiente; el beso de un hombre a una mujer, un beso posesivo y exigente que desconcertó a Francesca y que hizo prender una llama en su interior.

¿Por qué la besaba de aquella manera si no era su tipo, si no se sentía atraído por ella? Sólo había una explicación posible: que pretendiera anular su voluntad y subyugarla. Y lo estaba consiguiendo.

Francesca apoyó las manos en su pecho para empujarlo, pero las dejó lánguidamente posadas sobre el suave algodón de su camisa. Cada milímetro de su cuerpo pareció despertar, derritiéndose, fundiéndose con el de él. No recordaba haber sentido deseo sexual desde hacía más de cuatro años.

A lo largo del tiempo había tenido varios amantes y había disfrutado del sexo, pero tras la trágica pérdida de su bebé y ser abandonada por Robert, había dejado de sentir todo deseo hacia los hombres.

Hasta aquel instante.

Marcos subió una mano por su costado hasta cubrir uno de sus pechos y ella no pudo contener un gemido ahogado al tiempo que se apoyaba contra él, anhelando perderse en su varonil calor. Tan sólo por una vez quiso sentirse viva de nuevo...

Pero si lo hacía, demostraría que seguía siendo la joven ingenua que habría hecho cualquier cosa que Marcos le pidiera. Y aquella joven estaba muerta y enterrada junto con el incondicional y apasionado amor que había sentido por él.

Francesca lo tomó por las muñecas para obligarlo a soltarla, pero Marcos se puso repentinamente rígido, rompió el beso y retiró los brazos tan bruscamente que ella sintió un latigazo en las manos. Al mirarlo, vio que respiraba agitadamente y que su rostro reflejaba la misma expresión extraviada que había observado la noche anterior.

–¿Qué sucede, Marcos?

Él sacudió la cabeza y se separó de ella.

–Nada. Olvídalo.

–Mientes.

Francesca pensó que se trataba de una reacción causada por la repugnancia al darse cuenta de que era ella a quien besaba. Se rodeó la cintura con los brazos para contrarrestar un escalofrío, y se enfadó consigo misma por haberse dejado llevar. Mientras él despertaba en ella emociones que creía muertas, ella sólo le daba asco.

–Te dije que no me besaras, y si me encuentras tan repulsiva no deberías haberme hecho caso.

–He dicho que lo olvides –gruñó él.

–He intentado olvidar los últimos ocho años, y lo estaba consiguiendo hasta que me raptaste.

Marcos se enfureció.

–Si no hubieras intentado robar El Corazón del Diablo no estarías aquí.

–¿Acaso has olvidado que tú me lo robaste a mí?

–No tienes ni idea de lo que dices, Francesca. La joya fue robada a mi familia; nunca perteneció a la tuya.

Francesca apretó los puños.

–Si insinúas que mi padre la robó...

–No, fue mi tío. Y la usó para convencer a tu padre de que hiciera negocios con él aunque no le pertenecía.

Francesca lo miró desconcertada. Jamás había oído aquella versión de los hechos, aunque sí sabía que El Corazón del Diablo había pertenecido con anterioridad a los Navarro. Siempre había asumido que su padre la había comprado. Por eso había pensado que entregársela a Marcos era un símbolo de la alianza entre las dos familias. Lo que no había previsto era que Marcos tomaría la joya y la abandonaría.

–¿Por qué habría de creerte?

–Me da lo mismo que me creas o que no. Es la verdad. La joya me pertenece por derecho, por nacimiento y por tradición. Ni es, ni ha sido nunca tuya.

Francesca no quería creerlo, pero recordó que su padre no había querido acudir a la policía para recuperarla, y que su madre le había gritado y suplicado que denunciara a Marcos antes de acabar culpándola a ella de la pérdida. Y entonces...

—Mi padre se suicidó cuando los negocios con tu tío lo arruinaron —dijo, inexpresiva—. El collar podría haberlo ayudado a recuperarse.

La expresión de Marcos se suavizó.

—Lo sé, y no sabes cuánto lo siento, Francesca.

Francesca se secó una lágrima.

—Muchas gracias. Me haces sentir mucho mejor —dijo, sarcástica.

Quería que Marcos supiera el daño que su egoísmo había causado. Aunque nunca se había sentido particularmente próxima a su madre, al menos formaba parte de su vida. Ya ni siquiera se hablaba ni con ella, ni con su hermana Livia.

Se había quedado sola desde el momento en que su padre apretó el gatillo; un suicidio del que ella era responsable por haber sido tan estúpida como para regalar El Corazón del Diablo a aquel hombre.

—Fue una lamentable tragedia, pero el collar no lo habría salvado porque no habría podido venderlo, Francesca. Legalmente, no le pertenecía.

Francesca odiaba recordar aquel periodo y la desesperación que su padre tenía que haber sentido como para actuar como lo había hecho, y siempre se preguntaba en qué medida las cosas habrían sido distintas si no se hubiera casado con Marcos. Pero si Marcos decía la verdad, El Corazón del Diablo no habría salvado a su padre de la ruina.

—¿Y por qué no nos denunciaste? ¿Por qué no nos llevaste a juicio?

—Porque no podía permitírmelo. Confiaba en que

tu padre actuara honestamente y me devolviera el diamante. Pero lo que hizo fue dártelo a ti y decirme que sólo lo recuperaría si me casaba contigo.

Francesca se oyó emitir una carcajada histérica. Su pobre padre, siempre empeñado en hacerla feliz para tratar de equilibrar las diferencias entre ella y Livia.

–Claro, y tú no tuviste reparo en conquistar al Patito Feo para quitarle el collar.

–No eras nada fea –dijo él en tono serio–. Y lo sabes. Ya han pasado ocho años y sigues fingiendo que estás acomplejada, cuando sabes perfectamente que eres una mujer hermosa.

Francesca lo miró atónita con el corazón acelerado, pero se dijo que no podía caer en la trampa de creerlo.

–No digas lo que no sientes. Estoy aquí y tienes el collar. También he accedido a casarme para que no temas perderlo, así que guárdate los cumplidos para tus amantes.

Marcos resopló de impaciencia al tiempo que tomaba un maletín que reposaba en una silla.

–¡Dios, no sé para que me molesto! Me voy a trabajar. En cuanto llegue el contrato haré que te avisen.

Francesca hubiera querido arrojarle algo al verlo partir, pero sólo tenía a mano el calendario, que dejó caer al suelo con un suspiro de impotencia.

El contrato era tan humillante como había imaginado. Francesca lo leyó detenidamente mientras los abogados le explicaban las cláusulas en detalle.

Estaban en el despacho de Marcos, una habitación luminosa, con un gran escritorio de nogal, estanterías del suelo al techo y mobiliario de diseño moderno. Francesca se había sentado en una de las butacas, con un abogado a su lado, mientras Marcos permanecía de pie, apoyado en la pared con las manos en los bolsillos.

El contrato era muy minucioso: permanecerían casados durante un mínimo de tres meses y ella renunciaría en nombre de su familia a El Corazón del Diablo, algo que en aquel momento casi le resultaba un alivio porque había llegado a la convicción de que la joya pertenecía verdaderamente al diablo.

Su corazón se aceleró, sin embargo, al llegar a una cláusula, y tuvo que controlar el impulso de alzar la vista hacia Marcos. ¿Acaso esperaba que le estuviera agradecida o creía que le exigiría más?

Al concluir el matrimonio, recibiría diez millones de dólares, una cantidad que para Marcos no representaba nada, pero que aseguraba a Jacques un futuro sin preocupaciones. De no ser por él, lo habría rechazado.

Pasó la página en busca de la información que más le importaba, y al llegar a la cláusula en la que Marcos se comprometía a pagar todos los gastos médicos de Jacques, los ojos se le llenaron de lágrimas. Parpadeó para controlarlas y siguió escaneando el contrato en busca de alguna trampa, y aunque no la encontró, sí encontró la referencia a que, mientras durara el matrimonio, actuaría de anfitriona, compartiría su cama y le haría compañía. Su corazón se aceleró, pero si era el precio que tenía que pagar para cuidar de Jacques, no se echaría atrás.

–Deme un bolígrafo –dijo, interrumpiendo a media frase al hombre que se sentaba a su derecha.

Él se llevó la mano al bolsillo de la chaqueta, pero Marcos se adelantó y le dio una pluma con la que Francesca firmó... como si firmara un pacto con el diablo.

Marcos guardó el contrato en una carpeta y se lo dio a uno de los abogados. Éstos se fueron y los dejaron a solas.

Francesca se sentía humillada, pero trató de consolarse diciéndose que tres meses no representaban nada en la vida de una persona.

–Me alegro de haber acabado con esto –dijo, alzando la barbilla–. Has sido muy listo añadiendo el detalle de que el matrimonio sea consumado para que nadie pueda cuestionar su validez.

Marcos la observó con una mezcla de odio y deseo a la que Francesca empezaba a acostumbrarse, aunque en aquella ocasión creyó percibir que había más de lo segundo que de lo primero.

–¿Y si estuviera decidido a cumplir el contrato al pie de la letra? –preguntó él en un tono engañosamente dulce.

Francesca consiguió encogerse de hombros a pesar de que el corazón se le aceleró.

–No podría negarme. Firmándolo, me he comprometido a cumplirlo.

–Así es, querida.

Francesca se puso en pie. Tenía que alejarse de él para que su corazón dejara de latir desbocadamente cada vez que la miraba.

–Si hemos acabado, me marcho. Me espera una clase de tango.

–Esta tarde, no. Tenemos que hacer otras cosas.

–¿Y qué es tan importante como para que tenga que cancelar la clase? –preguntó Francesca, sarcástica.

Los labios de Marcos se curvaron en una sonrisa pícara, y Francesca se puso alerta.

–Nuestra boda, mi amor –dijo él.

Capítulo 5

MARCOS estaba satisfecho con cómo estaba saliendo su plan, así que en lugar de sentirse ofendido por la mirada de odio que le dirigió Francesca cuando la ayudó a bajar de la limusina para ir al Registro Civil, se limitó a sonreír al pensar que parecía un gatito tratando de actuar como un tigre.

Francesca se alisó el vestido color melocotón. Cuando Marcos había visto cuánto la favorecía, se alegró de que no vistiera de blanco. La única pega era que se trataba de un vestido holgado que ocultaba la forma de su cuerpo, y tomó nota mental de que debía introducir un cambio en su estilo de vestuario.

–Me sorprende que no te hayas vestido de negro –dijo cuando entraban en el edificio con ella del brazo.

–Me hubiera gustado, pero no metí ninguno en la maleta.

Marcos rió.

–No deberías ser tan arisca el día de tu boda.

Francesca no se inmutó.

–No salió bien la primera vez y no va a salir mejor ésta. ¿Cómo has conseguido organizarlo tan pronto? Creía que en Argentina la burocracia llevaba tiempo.

—Tengo influencias, querida. El dinero es siempre muy motivador.

—¡Qué afortunada soy!

—Desde luego. Si no fuese por mi dinero, Jacques no recibiría el tratamiento que necesita.

Marcos seguía sin comprender por qué aquel hombre era tan importante para Francesca. Había encargado una investigación sobre su vida durante los ocho años que no se habían visto, pero sólo tenía información parcial. Poco después de que su padre se suicidara, había abandonado la casa familiar para ir a trabajar a la pequeña joyería de Jacques Frontier. Desde entonces había vivido una vida discreta, muy distinta a la de su infancia.

Aunque no parecía tener sentido, Marcos había tomado suficientes decisiones sorprendentes en sus treinta y cuatro años de vida como para no juzgar las de los demás.

Francesca se detuvo bruscamente y lo miró con sus ojos color avellana humedecidos por las lágrimas. Marcos no supo interpretar qué la había emocionado hasta que ella dijo:

—A pesar de todo, quiero agradecerte que hayas proporcionado el mejor tratamiento posible a Jacques. Nunca soñé con algo así —dejó escapar una risa seca para combatir el llanto y se frotó el puente de la nariz—. ¡Me había prometido no llorar!

El corazón de Marcos se encogió al oír su tono lastimero, y no pudo evitar acariciarle la mejilla.

—No soy tan cruel como crees, Francesca. Nadie se merece morir por no poder pagarse un tratamiento.

Jacques es muy afortunado teniendo a alguien como tú luchando por su bienestar.

—Pero si no te hubiera quitado El Corazón del Diablo no estaríamos aquí y...

—A veces las cosas pasan por razones misteriosas.

Marcos había aprendido aquella verdad en la calle y en la selva. A menudo era imposible averiguar por qué la vida era como era; el porqué del sufrimiento, o de la muerte de niños. Cosas que prefería olvidar o que intentaba borrar de su recuerdo.

Francesca lo miró alterada.

—¿Por qué tienes que ser tan amable?

—¿Preferirías que dejara de serlo? —preguntó Marcos, desconcertado.

—No —Francesca sacudió la cabeza—. Me pregunto cuánto tiempo vas a seguir siéndolo.

—Toda la noche si es necesario.

Francesca bajó la mirada como si se sintiera súbitamente incómoda. Marcos le obligó a alzar la cabeza para mirarla a los ojos.

—No es necesario que finjas, Francesca.

Las lágrimas pendían de sus pestañas como diamantes y Marcos tuvo que reprimir el impulso de secárselas con un beso.

—No estoy fingiendo, Marcos.

—¿De verdad quieres que crea que no sabes lo bonita que eres?

Ruborizándose, Francesca abrió los ojos de sorpresa, y por primera vez Marcos se preguntó si era verdad que no había superado sus complejos de la adolescencia, o si pretendía manipularlo despertando su compasión.

–No digas eso –dijo ella con un hilo de voz.

–Como quieras, mi amor.

Francesca tomó aire y se recompuso. Había adquirido una dureza de carácter en aquellos años que Marcos no sabía explicar, pero que intuía que no se debía sólo a la trágica muerte de su padre ni a la pérdida de estatus de su familia. También cabía la posibilidad de que no se tratara más que de un escepticismo adquirido por el paso del tiempo.

–¿Va a venir alguien de tu familia? –preguntó ella.

–No. Magdalena y su marido están en su bodega de Mendoza.

–¿Magdalena es tu hermana, verdad?

–Sí, mi hermana menor. Acaba de tener su tercer hijo y no pueden viajar.

Francesca miró al suelo y tragó saliva, y Marcos notó que entrelazaba los dedos con tanta fuerza que los nudillos se le pusieron blancos.

–Comprendo –dijo en un susurro.

–Los conocerás pronto. Tenemos que ir a visitarlos y conocer al bebé.

Aunque su intención había sido la contraria, Marcos observó que el comentario hacía que se tensara aún más y que hiciera lo posible por esquivar su mirada.

–¿Te preocupa conocer a mi hermana?

Francesca lo miró.

–En absoluto, pero no sé qué sentido tiene si pronto estaremos divorciados.

–Lo raro sería que no os presentara. No creo que te cueste aguantar unas cuantas horas. Además, Magdalena estará tan ocupada con el bebé que apenas te prestará atención.

–Claro –dijo Francesca en un tono carente de toda emoción–. Si eso es lo que quieres no tengo más remedio que acceder a ello.

Una vez más, Francesca estaba casada. La ceremonia fue rápida e impersonal. Se limitó a repetir las palabras que le dictaban y finalmente Marcos le puso un anillo en el dedo y la besó en la mejilla.

Tras recibir la enhorabuena del personal del Registro, salieron y subieron a la limusina.

Francesca observó en silencio el diamante de tres quilates que llevaba en el dedo. Tenía el tamaño perfecto y aunque no había consultado con ella, Marcos había elegido la joya perfecta.

Resultaba extraño que no se tratara de una boda de verdad, o que la sortija no fuera más que una posesión temporal: nada más que una tirita para tapar una herida.

El diamante lanzó destellos al reflejar la luz. La alianza a juego también tenía diamantes incrustados. Y aunque Francesca se habría resistido a reconocerlo, lo cierto era que adoraba los objetos hermosos. Por eso mismo siempre había sufrido tanto por ser incapaz de agradar a su madre con su aspecto o con su estilo. Siempre había envidiado la elegancia natural y la preciosa ropa de Livia.

A pesar de que era mucho más madura, todavía se sentía como una torpe adolescente al lado de la sencilla elegancia de Marcos. Llevaba años sin preocuparse por su apariencia porque era la adecuada para su vida junto a Jacques, pero la aparición de Marcos le había devuelto la inseguridad del pasado.

Apartó de sí el deseo de creer que decía la verdad al describirla como «bonita». Lo que Marcos Navarro pensara debía darle lo mismo. La joven que ansiaba desesperadamente su aprobación había sido enterrada en el pasado.

Marcos estaba sentado a su lado, hablando por teléfono de trabajo con su voz cantarina mientras iban camino de su casa en Recoleta, la mansión que por muy hermosa que fuera ella nunca podría considerar su hogar. Sólo iba a ser una residente temporal, así que debía evitar sentirse apegada a su belleza, a la serenidad de sus frescos patios con fuentes y su frondosa vegetación. Ella tenía un hogar en Nueva York que compartía con Jacques y al que pensaba volver en cuanto Marcos la dejara marchar.

La visita a su hermana iba a ser una dura prueba en varios sentidos. Desde que había perdido al bebé, no había soportado estar cerca de niños porque el dolor se le hacía insoportable.

Años atrás había creído que Marcos sería el padre de sus hijos, pero no habría sido posible ni aunque se hubieran casado en aquella segunda ocasión por amor.

¿Cómo iba a poder soportar estar con un recién nacido?

«No pienses en el futuro. Ve día a día», se dijo. Sólo así había podido sobrevivir a los peores días de su vida. No pensando más allá que el presente.

—Esta noche tenemos que ir a una recepción —dijo Marcos al tiempo que guardaba el teléfono en el bolsillo. Francesca tuvo que hacer un esfuerzo para salir de su apesadumbrado ensimismamiento–. Tendrás que ponerte El Corazón del Diablo.

–No quiero.

–¿Ya empiezas a rebelarte?

–El collar te pertenece, Marcos. No sé por qué quieres que lo luzca.

Francesca lo consideraba completamente innecesario, y estaba segura de que la intención de Marcos era demostrarle que tenía el poder.

–Porque es mío y porque tú también –dijo él con frialdad.

Francesca se cuadró de hombros.

–No me posees, Marcos. Sólo has comprado mi cooperación, no a mí.

–Deberías tener más cuidado –dijo él con aparente calma.

Francesca se sintió avergonzada y furiosa a un tiempo, pero estaba decidida a dejarle claro que no la poseía. Hacía años que había descubierto que, para lo bueno y para lo malo, su vida no era más que suya.

–No veo por qué. Después de lo que me has dicho antes, no te creo capaz de retirarle el tratamiento médico a Jacques. A no ser que mintieras, claro está, o que sólo lo dijeras porque pensabas que era lo que yo quería oír.

Marcos la miró impasible y Francesca temió haberse equivocado y haber arriesgado demasiado. En aquel momento le pareció tan distante y cruel, que se preguntó cómo podía haberlo amado en el pasado y cómo no había intuido su verdadera personalidad tras la fachada de hombre encantador.

Lo mejor sería ponerse el estúpido collar y cerrar la boca. La vida de Jacques valía mucho más que su orgullo.

–No –dijo Marcos con un destello de emoción en la mirada que Francesca no supo interpretar–, no le retiraría el tratamiento.

Francesca lo miró sin aliento. Lo último que esperaba de Marcos era una confesión que lo hiciera parecer humano o capaz de tener principios por encima de su deseo de conseguir cualquier cosa que se propusiera.

Agachó la cabeza para evitar que Marcos notara hasta qué punto le afectaba que se mostrara humano, y decidió ofrecerle algo a cambio para que comprendiera que pensaba cumplir su parte del trato, y que era una mujer íntegra por mucho que él pensara lo contrario.

–Si para ti es tan importante, me pondré El Corazón del Diablo.

Marcos la miró con sorpresa.

–Pero si acabas de negarte...

Francesca se encogió de hombros, quitándole importancia a pesar de que para ella sí la tenía.

–Si me lo hubieras pedido en lugar de ordenármelo...

–¿Por qué Jacques significa tanto para ti, Francesca?

–Porque me cuidó cuando nadie más estaba dispuesto a hacerlo. Es mi mejor amigo –dijo ella, mirándolo sin parpadear.

–¿Y Gilles? ¿Sois amantes?

Francesca sintió un martilleo en las sienes y estuvo a punto negarse a contestar, pero finalmente dijo:

–No, nunca lo hemos sido.

–Siendo tan hermosa como eres, me cuesta creerlo –dijo él con incredulidad.

Francesca se ruborizó.

–No digas lo que no sientes. Los dos sabemos que tú te has casado conmigo por el collar, y yo contigo por Jacques. No intentes halagarme. Sé perfectamente que no tengo nada de guapa para un hombre como tú, y me da lo mismo.

Marcos la miró como si hubiera dicho algo divertido y ella apartó la mirada para mirar por la ventanilla.

–Has cambiado mucho en estos años –dijo él–. Me alegra de que te defiendas. Livia ya no podrá abusar de ti.

Francesca sintió una opresión en el pecho.

–De no haber sido por el collar, probablemente te habrías casado con ella.

–Me subestimas, querida –dijo él, riendo–. Tu hermana nunca me ha resultado atractiva.

Francesca lo miró con expresión airada.

–Todo el mundo la encuentra preciosa, así que no mientas.

–Claro que es guapa, o al menos lo era hace ocho años –tomó la mano de Francesca y le pasó un dedo por la alianza–. Pero tú tienes algo mucho más importante; sabes quién eres, y eso me gusta.

Francesca sintió una punzada de dolor.

–Me ha llevado mucho tiempo averiguarlo –contestó.

Marcos escrutó su rostro como si quisiera leer sus pensamientos.

–Creo que siempre lo has sabido, pero tengo la sensación de que ha pasado algo en este tiempo que ha aguzado tu percepción de la vida, y me gustaría saber qué ha sido.

Francesca retiró su mano y se la pegó al cuerpo.

–¿Quieres que intercambiemos secretos como si fuéramos dos ancianas cotilleando, Marcos? No pensaba que ése fuera tu estilo.

–Estoy seguro de que acabarás por contármelo –dijo Marcos, dando muestras de una seguridad en sí mismo que irritó a Francesca.

–Pareces muy convencido, pero olvidas que no todas las mujeres sucumben a tus encantos.

–Puede que no todas, pero tú caerás, mi amor.

–Ni lo sueñes –dijo Francesca con firmeza, a pesar de que la mirada de Marcos le aceleró el pulso.

Él enarcó una ceja.

–No deberías haber dicho eso, Francesca.

–¿Por qué no? Alguien tiene que decirte que no eres irresistible. Además, ¿te has parado a pensar que tal vez las mujeres caen rendidas a tus pies por tu dinero y no por tu maravillosa personalidad?

Marcos dejó escapar una carcajada sonora que Francesca recibió, a su pesar, como una caricia.

–¡Hay que ver qué testaruda eres! Pero nunca he podido resistirme a un reto –dijo él. Y antes de que Francesca pudiera darse cuenta de lo que iba a hacer, la tomó por la barbilla y la besó–. Me va a encantar llevarte a la cama, Francesca. Y en ella voy a descubrir todos tus secretos, te lo prometo.

Capítulo 6

E L SOL se había puesto hacía más de una hora, pero aunque hacía fresco, Francesca no cerró la ventana porque necesitaba que el aire le aliviara del calor que sentía en la piel desde que Marcos la había besado. ¿Cómo era posible que su mente y su cuerpo se contradijeran? Su cabeza y su corazón le decían que Marcos no le convenía, pero su cuerpo sólo pensaba en cumplir las fantasías que la asaltaban cada vez que lo tenía cerca.

Se estudió detenidamente en el espejo. Aunque había perdido diez kilos en los últimos ocho años, su rostro seguía siendo demasiado redondo y su cabello, que en el pasado lucía unos favorecedores reflejos, era una masa indomable de tirabuzones, de un rubio mate. Hacía más de un año que había ido por última vez a la peluquería.

Miró con aprensión el vestido negro que colgaba de la puerta del armario. Al volver, Marcos había insistido en que tenía que comprar algo adecuado para la recepción, y, haciendo oídos sordos a sus protestas, había encargado a la dependienta que buscara algo sin tirantes y ceñido.

Cuando salió del vestidor, con los senos insinuándose por el escote y la cintura entallada, Marcos le dedicó una mirada de aprobación que le hizo creer por primera vez que no mentía cuando amenazaba con acostarse con ella. Y eso la aterrorizaba.

Porque Marcos Navarro seguía siendo el hombre más sexy del mundo. De él le gustaba hasta su cicatriz. Y cuanto más tiempo pasaba a su lado, más deseaba recorrerla con la lengua hasta llegar a la comisura de sus labios y acabar besándolo.

Esos pensamientos eran peligrosos y debía evitarlos. Tenía que recordar que no podía dar la más mínima muestra de vulnerabilidad; ya no era la joven inocente e ingenua del pasado, y había dejado de creer en la bondad de los seres humanos.

Tras dedicarse una última mirada en el espejo, tomó un chal y un pequeño bolso a juego con el vestido y bajó al vestíbulo, donde Marcos hablaba con el mayordomo. Cuando se volvió hacia ella, pareció quedarse sin palabras.

Ella lo observó en tensión, incómoda con un vestido que en lugar de ocultar, enfatizaba sus defectos. ¿Por qué no habría insistido en comprar el tipo de ropa holgada que acostumbraba a usar?

Marcos se aproximó a ella, le tomó la mano y se la llevó a los labios con una delicadeza que la hizo estremecer.

—Estás guapísima, querida.

—Tú también —dijo ella, y se enfadó consigo misma al oírle reír quedamente.

Pero era la verdad. Llevaba un esmoquin hecho a medida, con una camisa de un blanco níveo y una chaqueta y unos pantalones tan negros como el azabache. Olía a una colonia cara y estaba irresistible. Igual que la noche que lo había asaltado en el hotel.

Aparentemente, también Marcos la recordaba, pues le susurró al oído:

—Si quieres, luego podemos jugar a policías y ladrones. Aunque preferiría que no tuvieras un revólver.

—En cambio a mí me gustaría tenerlo. Me ayudaría a meterme en el papel.

Marcos rió y Francesca no pudo evitar sonreír, aunque se puso seria automáticamente. No quería estar en términos amigables con él. No creía posible que llegara a dejarse seducir, pero no podía correr ningún riesgo y debía mantener las distancias.

—Estás demasiado seria, Francesca —dijo él—. Vamos a la recepción de una obra social que promuevo, no a la guillotina.

—Hace años que no voy a un acto social y ya no sé cómo comportarme —dijo ella, sin saber por qué se lo explicaba cuando Marcos lo vería con sus propios ojos en cuanto llegaran.

—Te saldrá naturalmente —dijo él, con convicción—. Has pasado los últimos años atendiendo una joyería y tratando con clientes.

—Pero eso es diferente.

—Lo dudo —Marcos la recorrió de arriba abajo una vez más antes de añadir—: Sólo te falta una cosa.

Sacó una caja alargada de una vitrina y Francesca sintió un nudo en el estómago al asumir que sería El Corazón del Diablo.

Pero no se trataba del collar. Las piedras que centelleaban contrastando contra el terciopelo negro, eran verdes: esmeraldas de la más exquisita pureza. Francesca las estudió con ojos expertos y supo que le habían costado una fortuna. Alzó la mirada hacia él con una interrogación muda.

–En otra ocasión –dijo él, adivinándole el pensamiento–. Este collar es más apropiado para esta noche.

Francesca titubeó un instante antes de recogerse el cabello y dar media vuelta para que Marcos se lo pusiera. Una esmeralda en forma de lágrima se coló en su canalillo. El contacto con el platino en el que estaba montada le hizo estremecer, pero le resultó de un frescor agradable. Marcos le rozó la nuca con los dedos y una corriente eléctrica le recorrió la espalda.

Entonces el posó las manos en sus hombros y la atrajo hacia sí hasta que sus labios rozaron su oreja.

–Estás preciosa, querida –susurró–. Estoy seguro de que esta vez nuestra noche de bodas va a acabar como debe.

Marcos observó a su nueva esposa que, en un círculo cerca del suyo, charlaba con un grupo de mujeres. Estaba tan elegante como cualquiera de ellas, y si se sentía nerviosa, lo ocultaba a la perfección. Nada de ello lo sorprendía, pues era natural que se hubiera transformado en una mujer tan exquisita como su madre o su hermana.

Deslizó la mirada por sus sensuales curvas, preguntándose cómo era posible que al mirarse en el espejo no se diera cuenta de lo atractiva que era. ¿Por qué insistiría en ponerse ropa suelta, que ocultaba la belleza de su cuerpo?

Tuvo la tentación de acercarse y acariciar la pierna que asomaba por un corte en el lateral de su vestido, pero estaba enfrascado en una conversación con una de las benefactoras de su proyecto, a la que apenas prestaba atención. Hasta que la mujer empezó a hablar de la necesidad de enseñar buenos modales a los huérfanos, y no pudo evitar reaccionar con rabia.

—Señora —dijo con una aspereza que hizo que la mujer abriera los ojos, sorprendida por su cambio de humor—, los niños que viven en las calles de Buenos Aires, necesitan mucho más que aprender buenos modales para mejorar sus vidas. Y ahora, si me disculpa —la saludó con una inclinación de cabeza, y se alejó.

Una de las cosas que no aguantaba de aquel tipo de recepciones eran las estupideces que podían llegar a decir aquéllos que no tenían ni idea de lo que significaba pasar hambre sobre los niños que él tan desesperadamente quería salvar.

Ningún niño merecía sufrir, y aquellos niños tenían que luchar cada día por su supervivencia.

Los asistentes al acto, elegantemente vestidos, le abrieron paso al acercarse hacia su esposa. Francesca lo miró con expresión de desconfianza al verlo llegar, y Marcos sintió una punzada en el corazón porque no soportaba que lo mirara como si fuera el diablo en persona. Intentó no pensar en ello y le tendió la mano.

—Vamos, Francesca —dijo—. Me apetece bailar.

Aunque no era cierto, le sirvió de excusa para hacer lo que quería, que era abrazarla.

—Yo... —empezó a decir ella. Pero cambió de idea y concluyó—: Por supuesto.

Se excusó y siguió a Marcos de la mano hacia la pista de baile. La música sonaba suave y lenta. Marcos la tomó por la cintura y ella le dedicó una mirada contrariada.

—¿Por qué le sonríes a todo el mundo menos a mí? —preguntó él.

Francesca pareció desconcertarse, pero enseguida lo disimuló.

—No es verdad. ¿Y por qué pareces tú tan enfadado? ¿He hecho algo malo?

Marcos hizo un esfuerzo para librarse del mal humor en que la había sumido la conversación con la aquella mujer.

—No es nada.

—Dices eso muy a menudo, Marcos —dijo ella, con la vista fija en la pechera de su camisa.

—¿Sí?

—Sí. Ayer por la noche y esta mañana, cuando te he preguntado por el tatuaje.

Francesca parecía preocupada. Marcos miró por encima de su cabeza a las demás parejas que bailaban. No le gustaban las sensaciones que despertaba en él pensar que Francesca se inquietara por él como, por ejemplo, el deseo de compartir con ella la verdad para que llegara a comprenderlo.

Lo intrigaba, y ése era un sentimiento que no había despertado en él ninguna mujer.

—Hay cosas de las que no quiero hablar ni contigo ni con nadie.

—A veces es bueno hablar de aquello que nos preocupa.

—¿De verdad? ¿Vas a compartir tus secretos conmigo? ¿Vas a contarme por qué no crees que seas deseable, o por qué amas tanto a Jacques Portier que estás dispuesta a arriesgar tu vida por él?

–Nunca he dicho que no fuera deseable, sino que no soy tu tipo.

–Olvidaba que eres una experta en mí. ¿Y qué me dices de Jacques?

Francesca siguió evitando mirarlo mientras giraban por la pista.

–Ya te he dicho que cuidó de mí cuando nadie más lo hacía. Estuve muy... enferma y él estuvo a mi lado hasta que me curé.

A Marcos no le gustó darse cuenta de lo doloroso que le resultaba imaginarla enferma.

–¿Y ya estás bien? ¿Es algo que pueda repetirse?

–No, Marcos –Francesca lo miró fugazmente–. No es nada que pueda volver a pasarme.

–Así que quieres devolverle el favor.

–Desde luego. Jacques me salvó y ahora yo quiero salvarlo a él.

–Entonces te alegrará saber que he llamado al hospital y que lo consideran un buen candidato para experimentar un nuevo tratamiento con el que están consiguiendo tasas muy altas de recuperación.

Francesca notó que los ojos se le humedecían y parpadeó para impedir que las lágrimas cayeran por sus mejillas.

–¿De verdad? ¿Creen que pueden salvarlo?

–No hay ninguna garantía, Francesca. Está muy enfermo, pero piensan que hay esperanza.

–¿Por qué no me lo has dicho antes?

–No me han llamado hasta que hemos llegado a Argentina. Necesitaban que les diera la autorización.

–¿La tuya? Pero Gilles es su familiar más próximo.

–Sí, pero yo voy a pagar por el tratamiento. Y no es precisamente barato.

Francesca volvió a fijar la mirada en su pechera. Marcos notó que tenía la punta de la nariz roja y se dio cuenta de que estaba controlándose para no llorar. Una emoción inclasificable lo embargó al tratar de imaginar qué se sentiría al ser amado con tanta intensidad. Cuando Francesca alzó la mirada hacia él, tenía los ojos brillantes.

–¿Por qué diste tu aprobación, Marcos?

Él titubeó porque en realidad no tenía una contestación para explicarlo.

–Porque era lo mejor –dijo finalmente–. Y porque sabía que era lo que tú querías.

Había vivido muchos años sin poder cubrir más que sus necesidades más básicas. Teniendo los medios, ¿cómo iba a negárselos a alguien que los necesitaba tan perentoriamente? ¿Cómo iba a negarse a proporcionarle lo que estaba en sus manos?

–Me sorprendes –dijo ella con dulzura, humedeciéndose los labios.

Marcos sintió su sexo endurecerse. A pesar de que seguía enfadada con ella, ansiaba poseerla. Aquella misma noche. Necesitaba demostrarse que tenía poder sobre ella y exorcizar los demonios del pasado en su cuerpo. Porque aunque sabía que el remedio duraría poco, al menos le proporcionaría unas horas de sanador silencio en el interior de su torturada mente.

Dejó de moverse con la música y atrajo a Francesca hacia sí. Ella se estremeció y abrió los ojos, sorprendida, al notar contra su vientre la evidencia del deseo de Marcos.

–Sí –susurró él–. Te deseo.

Inclinó la cabeza hacia los labios entreabiertos de Francesca. En cuanto entraron en contacto con los suyos, una mujer carraspeó a su lado.

–Señor Navarro, estamos listos para su intervención.

El corazón de Francesca siguió latiendo aceleradamente una vez se sentó en la mesa a la que Marcos la escoltó. Sentía una fina película de sudor entre los senos y sobre sus brazos, a consecuencia del calor interior que emergía hacia su piel. Se sentía alterada y confusa.

Marcos le estaba mostrando facetas de su personalidad que desconocía, y que lo hacían aún más peligroso. Que hubiera dado su aprobación para el tratamiento de Jacques, la había dejado atónita. Estaba claro que tenía el dinero para hacerlo, pero no tenía ninguna obligación moral. Y que dijera que lo había hecho por ella le puso de nuevo un nudo en la garganta.

Por eso mismo sabía que si no mantenía las distancias, se arriesgaba a volver a enamorarse de Marcos Navarro, y eso tenía que evitarlo a toda costa por mucha compasión que él mostrara por Jacques o aunque la presionara para acostarse con ella. No podía arriesgarse a que volviera a romperle el corazón.

Marcos subió al escenario y en cuanto alzó la cabeza, el murmullo cesó. Como no le entendía, Francesca tuvo que conformarse con seguir la reacción de la audiencia.

—Yo te haré de traductora —dijo una mujer elegante, al tiempo que se sentaba junto a ella—. Marcos me ha dicho que no hablas español.

Francesca prefirió no cuestionarse de qué conocería aquella mujer a Marcos y le dio las gracias.

—Está hablando de los huérfanos —siguió la mujer—. De la responsabilidad que tenemos de proporcionar fondos para los pobres niños que viven en las calles de Buenos Aires. Su obsesión es proporcionarles oportunidades y estabilidad, mejorar sus perspectivas...

El corazón de Francesca se contrajo a medida que la mujer hablaba, a la vez que los ojos se le llenaban de lágrimas por las emocionantes palabras de Marcos. Habló de niños que robaban comida para sobrevivir o que comían de las basuras o cazaban ratas, de niños que aprendían a ser agresivos y violentos, que se unían a bandas callejeras y se convertían en una amenaza para la sociedad.

Cuando terminó, su audiencia rompió en un cerrado aplauso. Marcos parecía sentirse sólo, casi perdido. Francesca miró a su alrededor, preguntándose si los demás también lo percibían. Pero no parecían ver más que a un hombre poderoso y fuerte, mientras que ella veía a un hombre con un gran corazón.

—Es un hombre extraordinario —la mujer le tendió la mano—. Soy Vina Aguilar, una vieja amiga de la familia Navarro. Fui al colegio con la madre de Marcos.

Francesca le estrechó la mano, desconcertada. Aunque era mayor, Vina no parecía tener más de cuarenta años.

Tras charlar unos minutos, Vina comentó:

–No eres como te imaginaba. Estoy muy contenta de vuestra boda. Marcos se merece toda la felicidad del mundo y estoy segura de que tú se las vas a proporcionar.

–Eso espero –musitó Francesca, bajando la mirada en un gesto que esperó que Vina interpretara como timidez y no como la confusión que verdaderamente sentía.

–¿Estás contándole mentiras a mi mujer, Vina?

Francesca alzó la mirada rápidamente hacia Marcos mientras Vina soltaba una carcajada. La expresión de angustia había desaparecido de su rostro y Francesca se preguntó si la habría imaginado.

–Querido, todo lo que le he contado es la pura verdad –dijo Vina, levantándose y besándolo en la mejilla–. Y estaba a punto de decirle a tu encantadora esposa que espero que tengáis muchos hijos. Necesitamos más hombres como tú, Marcos.

–Gracias –dijo él, tomando la mano de Francesca, que sintió que la cabeza le daba vueltas–. Pero primero necesitamos pasar tiempo solos para conocernos mejor.

–Claro, claro –Vina saludó a alguien al otro lado de la sala–. Esteban me necesita, querido. Mandaré un cheque a la Fundación. Espero veros pronto, ¿por qué no venís a cenar?

Francesca evitó mirarlo cuando se sentó en la silla que había dejado vacía Vina. En el pasado había soñado con tener hijos con Marcos y aquella noche, al oírle hablar tan apasionadamente de los niños de la calle había pensado, como Vina, que Marcos debería tener hijos.

Varios de los asistentes acudieron a hablar con Marcos, y Francesca se comportó como la perfecta esposa, atendiendo amablemente a aquellos que se acercaban a hablar con ella. Hasta que dio un respingo al sentir una mano en el hombro. Ni siquiera se había dado cuenta de que Marcos se pusiera de pie.

–Podemos irnos –dijo él.

–Desde luego –dijo ella, tomando la mano que él le ofreció para ponerse en pie–. Pero, ¿no deberías hablar con los donantes?

Marcos tomó su chal y la envolvió en él.

–La Fundación tiene personal, querida. Ellos se ocuparán de los donativos.

–¿Desde cuándo te dedicas a esto, Marcos? Nunca te había oído hablar de ello.

Marcos la tomó por el codo y la condujo hacia la salida.

–La Fundación Recuperemos a Nuestros Hijos tiene casi ocho años. La fundé en cuanto recuperé Industrias Navarro.

–¿Cómo llegaste a saber de esos niños? –preguntó Francesca cuando se detuvieron bajo el pórtico esperando a que llegara la limusina–. Tengo que admitir que no tenía ni idea de que pasaran cosas así en un país tan moderno.

Marcos tardó en contestar y Francesca se preguntó si la habría oído. Lo miró y le sorprendió la expresión sombría de su rostro. Era evidente que aquellos niños le preocupaban verdaderamente, y que se trataba de un tema doloroso para él.

–No hace falta que... –dijo ella, consciente de que quizá era preferible no hablar de ello.

–Los descubrí de primera mano, querida –le cortó él con aspereza–, porque fui uno de ellos.

Capítulo 7

POR QUÉ le habría contado lo que no le había dicho nunca a nadie? La versión oficial era que lo habían mandado a vivir con unos familiares, pero a ella no había podido mentirle.

En cuanto subieron a la limusina, se sirvió un whisky y le dio un largo trago. Francesca mantuvo un silencio sepulcral hasta que se adentraron en el tráfico. Entonces susurró.

–Lo siento muchísimo.

Marcos bebió el whisky de un trago. Precisamente la compasión era lo que trataba de evitar.

–Hace mucho tiempo de eso –dijo con frialdad–. Olvídalo.

Francesca suspiró.

–Ésa parece tu solución para todo: olvidarlo.

–No tiene sentido lamentarse por el pasado.

–Pero tampoco es posible olvidarlo. Si no, no estarías tan enfadado.

Marcos se volvió hacia ella para hacerle callar, pero se quedó paralizado al ver que lloraba. Las lágrimas que había logrado contener al pensar en Jacques se desbordaban por él.

–Francesca, no tiene importancia –dijo con un profundo suspiro–. El pasado, pasado está.

–Pero, ¿cómo sucedió, Marcos? ¿Qué les pasó a tus padres y por qué no cuidó de vosotros tu tío?

–¡Ay, Dios! –exclamó él, exasperado. Se sirvió otra copa mientras Francesca se secaba las lágrimas con el chal–. Mis padres desaparecieron durante la Junta Militar. En ese tiempo, desaparecía todo aquél que estaba en contra del gobierno, y nunca se volvía a saber de ellos.

–¿No sabes qué pasó?

Marcos sacudió la cabeza. Había intentado averiguarlo, pero no había encontrado los informes correspondientes a sus padres.

–Los mataron, Francesca, como a miles de personas. A Magdalena y a mí nos enviaron a un orfanato, del que yo huí al cumplir diez años. Durante los siguientes seis años, viví en la calle. Afortunadamente, Magdalena no me siguió.

Francesca le tomó la mano y se la apretó.

–Por eso hablas de los niños con tanta pasión. Creo que lo que haces es admirable.

–Haga lo que haga, nunca será suficiente –dijo él, encogiéndose de hombros.

A pesar de que llevaba años dedicándose a la Fundación, siempre se sentía afectado cuando daba una charla sobre el tema. Y aunque sabía que muchos de los ricos que contribuían con sus donaciones actuaban movidos por la presión social y no porque creyeran verdaderamente en el proyecto, había decidido que sus motivos no le importaban mientras contribuyeran a que más niños abandonaran las calles.

El problema era que él quería salvarlos a todos, y

que noches como aquélla le devolvían la frustración de saber que nunca lo lograría.

–Marcos –dijo ella, inclinándose hacia él–, lo que haces es extraordinario. No digas que no es suficiente cuando estás cambiando la vida de muchos de esos niños.

Marcos apretó un botón y le dio una instrucción al chófer antes de volverse hacia Francesca y decir:

–Quiero enseñarte algo.

Ella asintió. Las esmeraldas que llevaba al cuello lanzaron destellos al reflejar las luces de la calle. Marcos alargó la mano para acariciar la gema en forma de lágrima.

–Sabía que te quedaría bien. Por eso lo compré, aunque supongo que te parecerá una frivolidad cuando veas lo que estoy a punto de enseñarte.

Vio el pulso latir en el cuello de Francesca y tuvo que reprimir la tentación de besarlo.

Pronto el coche se adentró en unas calles poco iluminadas, en cuyas aceras se acumulaba la basura; las paredes estaban cubiertas de grafiti y las pocas personas que caminaba por ellas se escabullían como ratas al ver aproximarse el coche.

–Aquí es donde viven, Francesca.

Unos metros por delante de ellos, un coche se detuvo y una figura de aspecto joven se acercó para hablar por la ventanilla con la persona del interior.

–Debe ser o un camello o alguien buscando sexo barato –explicó Marcos.

Percibió que Francesca contenía el aliento.

–¿No podemos impedirlo? –preguntó ella.

–No.

Francesca se volvió hacia él con los ojos anegados en lágrimas.

–Pero has dicho que...

–A eso es a lo que me refería –dijo él con más aspereza de la que pretendía–. No puedo salvarlos a todos.

Dio un golpecito en el cristal que los separaba del conductor para que se pusiera en marcha y pronto salían de aquella parte de la ciudad

–Supongo que te he dejado en estado de shock –dijo Marcos al cabo de un rato.

–Lo que más me desconcierta –dijo ella con un hilo de voz– es no haber sabido que eras un hombre excepcional.

Nada era tal y como Francesca había pensado que sería.

Recorría su dormitorio de arriba abajo, con la mente tan agitada que no sentía sueño. La imagen que tenía de Marcos se había hecho añicos. Años atrás se había enamorado ciegamente de él porque era guapo y era el primer hombre que le prestaba atención. Y ni una cosa ni otra eran una buena razón para enamorarse.

Aquella noche, sin embargo, había descubierto una faceta de Marcos Navarro que jamás hubiera soñado que existiera. Después de que la abandonara, ocho años atrás, llevándose El Corazón del Diablo, se había convencido de que Marcos sólo pensaba en sí mismo. Y lo había culpado de todos los problemas que habían surgido en su vida. Sin embargo, en el lapso de dos días, había tenido que replantearse muchas de sus convicciones. En primer lugar, el hecho de que El Corazón del Diablo pertenecía a Marcos; que su padre no se había suicidado por lo que ella había hecho, sino porque había sido incapaz de asumir la responsabilidad a sus propios actos. Y lo que era aún más significativo, que bajo su exterior de acero, Marcos ocultaba un corazón de verdad. Se había ocupado de Jacques, rescataba a niños de la calle, ¡y había pasado su infancia en las inhóspitas calles de Buenos Aires!

Recordó al adolescente que había visto aproximarse al coche, y no pudo evitar preguntarse si Marcos había pasado por experiencias parecidas.

Sintió que le ardían las mejillas al acordarse de que le había dicho que era extraordinario. Que Marcos fuera mucho más persona que lo que había asumido, no significaba que le gustaran sus infantiles muestras de admiración.

El que la hubiera ignorado el resto del trayecto y que nada más llegar a casa se hubiera retirado, era una prueba evidente de ello. Era su noche de bodas y aunque hubiera temido el momento de estar con él a solas, no había pensado que fuera a irse a la cama solo. Y menos después de haber sentido la palpable prueba de su excitación cuando bailaban.

Francesca no se engañaba sobre las razones de su interés por ella. Sabía que la deseaba porque estaba disponible, porque estaban casados y porque consideraba que estaba en su derecho.

Su apasionada defensa de los niños y la sorprendente historia que le había revelado, habían logrado que dejara caer sus defensas. A Francesca no le gustaban los sentimientos que había despertado en ella ni el impulso de abrazarlo y estrecharlo con fuerza

Debía estar aliviada de que se hubiera ido a la cama, y sin embargo estaba agitada. Francesca miró la hora en el despertador y pensó en la ironía de que aquel segundo matrimonio hubiera durado ya más que el primero. Como entonces, estaba sola.

Con un gemido de exasperación, abrió la puerta del balcón y salió al frescor de la noche. Aunque sólo llevaba un pijama de algodón, estaba tan acalorada que no sintió frío.

–¿Quieres ponerte enferma?

Francesca se volvió hacia la voz, sobresaltada. Marcos salió de entre las sombras con los pantalones del esmoquin y la camisa blanca, cuyos primeros botones había desabrochado.

–No –replicó ella–. Sólo quería tomar el aire.

–Deberías haberte puesto una bata.

Francesca se abrazó por la cintura.

–No tengo frío

Marcos se acercó a ella. En la penumbra del patio parecía un diablo, seductor y poderoso. ¿Por qué no sería feo y ordinario? ¿Por qué no era cruel y mezquino en lugar de tener tantas cualidades? ¿Por qué no podía ella proteger su corazón como si llevara un escudo?

–Estás tiritando –dijo él, acariciándole el brazo.

–Se me pasará si te marchas –dijo ella.

Marcos ladeó la cabeza.

–Ayer me dijiste lo mismo, pero no creo que me tengas miedo. Puede que me desprecies, pero no me temes.

Francesca no supo qué decir. Era consciente de que no era más que un instrumento conveniente para él, y que eso debía mantenerla alerta. ¿Pero cómo podía seguir despreciándolo tal y como había hecho hasta el día anterior?

—¿Qué quieres de mí, Marcos?

—Lo que querría cualquier hombre, querida.

El corazón de Francesca se aceleró.

—Pero, ¿por qué?

—¿De verdad no lo sabes? —dijo él con genuina incredulidad.

—Sé que no soy el tipo de mujer que te gusta. Te he visto en las revistas y sé que sales con modelos y actrices. Yo soy muy vulgar, Marcos. No soy bonita, ni la mujer a la que elegirías para casarte libremente.

—Siempre has sido hermosa, Francesca, aunque reconozco que no siempre he sido consciente de ello.

Cuando tiró de ella Francesca no ofreció resistencia. Tenía el pulso acelerado y un agudo dolor le atravesaba hasta el alma. «No siempre he sido consciente de ello».

Sabía que debía alejarse de aquel diablo, peligroso y dañino, pero temblaba de excitación.

Su cuerpo era grande y sólido. Marcos la apretó contra sí e, instintivamente, ella apoyó las manos en su pecho. Bajo el tejido de su camisa, podía sentir su piel caliente.

Antes de que pudiera decir nada, Marcos la besó apasionadamente, casi con desesperación. Y Francesca descubrió que compartía aquella desesperación.

Marcos deslizó las manos por sus hombros y, siguiendo la curva de su cintura, la sujetó por las nalgas, estrechándola con fuerza contra sus muslos, calientes y firmes. Al notar lo excitado que estaba, el pulso de Francesca se aceleró, y cuando él metió las manos por debajo de la camiseta del pijama sintió pánico al pensar que no le gustaría y que una vez más se sentiría humillada...

Lentamente, Marcos fue dibujando círculos en su espalda hacia la parte de delante, hasta llegar a uno de sus senos. Al presionarlo, dejó escapar un gemido que reverberó en Francesca, recordándole el sabor de la pasión, las sensaciones que despertaba el descubrimiento del cuerpo del otro. Era como una droga, poderosa y adictiva.

Marcos le acarició el pezón con el pulgar y ella se estremeció al tiempo que una oleada de calor la recorría por dentro.

Marcos era el causante de su desgracia, el instrumento que había hecho añicos sus sueños de juventud, pero a su cuerpo no parecía importarle sino que clamaba por saciar el deseo que sentía por él, el deseo que nunca había podido satisfacer.

No recordaba haber sido besada nunca como él la estaba besando, ni haber deseado a nadie como lo deseaba a él.

Intentó dejar de pensar para ignorar las contradicciones en las que incurría su cerebro. Hacía cuatro años que no estaba con un hombre, y en aquel momento sólo podía pensar en cuánto anhelaba estar desnuda junto a Marcos, sentir su poderoso cuerpo dentro de ella, observar su rostro cuando alcanzara el clímax. Quería borrar el resto de tristeza que había atisbado aquella noche en él, que olvidara su dolor aunque sólo fuera por un instante.

Se abrazó al cuello de Marcos y se pegó más a él, notando su sexo endurecido contra el vientre.

–Te deseo, Francesca –susurró en su oído, levantándole la camiseta. Luego dio un paso atrás para observarla –. ¡Dios mío, eres preciosa! ¿Cómo has podido creer lo contrario?

–Marcos, no hace falta que...

Él la calló con un beso al tiempo que hundía sus dedos en su cabello. Luego bajó por su cuello, y Francesca, adivinando lo que iba a hacer, fue incapaz de impedírselo.

Los labios de Marcos se cerraron alrededor de uno de sus pezones y la atormentaron, mordisqueándolo y succionándolo. Francesca jadeó y echó la cabeza hacia atrás, dejándose envolver en el calor que crecía en una espiral desde el pezón hasta el centro de su feminidad.

Marcos aceleró el movimiento de su lengua y ella lo sujetó por los brazos pensando que, si seguía, acabaría por estallar. Sentía un placer exquisito, puro. Y trató de recordar si con Robert había experimentado alguna vez algo así.

Entonces pensó en su bebé, y en la soledad que le esperaba en la vida por no poder tener hijos propios; también en sus sueños infantiles de formar una familia con Marcos.

Y aunque intentó reprimirla, una lágrima le humedeció la mejilla y después otra, hasta que fueron imparables. Ansiaba que Marcos le hiciera el amor, pero no pudo contener el llanto. Lloraba por sus sueños rotos y por sentirse vacía. Nunca había pensado que una mujer tuviera que ser madre para desarrollarse plenamente, pero haber perdido la posibilidad de serlo la atormentaba a diario.

Un sollozo la sacudió al tiempo que empujaba a Marcos y se bajaba la camiseta, antes de ocultar el rostro entre las manos y estallar en llanto.

Había supuesto que Marcos se marcharía, pero él la abrazó con tanta delicadeza, que Francesca lloró con más fuerza.

—Entremos —dijo él—. Hace fresco.

—Estoy bien —dijo ella, intentado separarse de él una vez más.

Se sentía avergonzada por no haber contenido el llanto y porque no sabía qué explicación dar.

Marcos la condujo al interior y fue al cuarto de baño, del que volvió con un vaso de agua.

—Bebe.

Ella obedeció, y mientras bebía, Marcos le dio una caja de pañuelos de papel.

—Lo siento —dijo ella, tras unos instantes.

—Jamás te obligaría a acostarte conmigo —dijo él con la mandíbula en tensión.

Francesca pestañeó desconcertada.

—¿Crees que lloro por eso?

Marcos se encogió de hombros. Parecía un hermoso ángel observándola en tensión.

—Entonces ¿por qué? —preguntó.

—Es complicado de explicar, pero te aseguro que no es por ti.

Francesca miró el pañuelo que apretaba en una bola en la mano, y al recordar lo que Marcos le había contado hacía unas horas, sintió súbitamente que no podía contener por más tiempo su propio dolor. Aunque algunas partes eran demasiado íntimas como para contarlas, necesitaba compartir parte de su pesadilla.

—Estuve prometida, pero mi novio me dejó y desde entonces no he estado con ningún hombre —cuando alzó la cabeza y vio que Marcos la miraba como si jamás se le hubiera pasado por la cabeza que hubiera habido otro hombre en su vida, sintió una punzada de rabia—. Veo que te sorprende que tuviera un novio sin tener que comprarlo.

—Francesca...

—Fue hace cuatro años, Marcos, y esto... —hizo un ademán que los incluía a ambos—, me supera.

Marcos se frotó el puente de la nariz.

—Debiste amarlo mucho.

Francesca suspiró. Durante un tiempo también ella lo había creído, pero luego se dio cuenta de que había confundido estar enamorada con tener compañía.

—No. Sufrí, como es lógico, pero no era la primera vez que me enfrentaba a una traición. Gracias a ti mi carácter se había endurecido.

Francesca sabía que debía sentirse culpable por acusarlo de hacerle perder la inocencia cuando lo que verdaderamente le había dado un golpe definitivo había sido la pérdida de su hijo.

—Lamento mucho tu dolor, Francesca, pero la vida no es siempre justa. Si lo fuera, yo habría crecido en esta casa, con mis padres.

Francesca se sintió avergonzada y tuvo el impulso de decirle la verdad, pero pensó que no tenía sentido iniciar una competición entre ellos cuando la vida no les había tratado bien a ninguno de los dos.

–Tienes razón –dijo–. Y siempre podía ser aún peor, o al menos eso es lo que suelo decirme.

–Así es –dijo Marcos, mirando hacia un punto indefinido antes de clavar los ojos una vez más en ella–. Vete a dormir. Mañana volamos a Mendoza.

Francesca se incorporó sobresaltada al oír el grito de un hombre. Se levantó y cruzó el descansillo hasta la puerta de enfrente. Aunque Marcos se negara a admitirlo, sufría pesadillas. Movió el picaporte de la puerta y para su sorpresa, la encontró abierta.

Vaciló momentáneamente preguntándose si Marcos se enfadaría por aquella invasión de su privacidad, pero ¿qué otra cosa podía hacer? ¿Cómo iba a ser testigo de su sufrimiento sin acudir en su ayuda?

Entró en el dormitorio y fue hacia la cama a tientas. En la penumbra, vio que estaba vacía. ¿Habría imaginado los gritos?

En ese momento oyó un gemido y una orden dada en español, y a pesar de que sonó más grave de lo habitual, reconoció la voz de Marcos. Fue hacia el origen del sonido y se quedó paralizada.

Marcos yacía en el suelo con las sábanas enredadas a las piernas, y el pecho, desnudo y brillante de sudor. Una cicatriz le cruzaba el abdomen.

¿Habría sufrido un accidente del que nunca le había hablado? Nunca le había preguntado por la cicatriz de la cara, y lo lógico era que estuvieran relacionadas. ¿Serían una herencia de sus años de calle?

Marcos volvió a mascullar algo a la vez que sacudía la cabeza de izquierda a derecha. Francesca se arrodilló a su lado.

–Marcos –lo llamó, tocándole el hombro–. Marcos.

–¡No! –gritó él súbitamente, alzando la mano como si fuera a golpearla.

Para defenderse, Francesca le sujetó la muñeca, pero Marcos era más fuerte que ella y reaccionó como si lo hubiera atacado. Abriendo los ojos y, mirándola con expresión extraviada, la tomó por ambos brazos, la tumbó sobre la espalda y la apresó con el peso de su cuerpo, sujetándole firmemente las manos por encima de la cabeza.

–¡Marcos! –gritó ella–. Soy yo, Francesca.

Marcos pareció vacilar.

–¡Dios mío! –dijo finalmente–. Podía haberte matado, Francesca.

–Sólo intentaba despertarte.

–No debías haber entrado –dijo él, sin soltarla.

–No podía dejarte sufrir.

–Ojalá eso fuera cierto, querida –dijo él con una risa seca.

–¿Qué quieres que haga, Marcos? –dijo ella, enternecida–. ¿Quieres que me quede, o que te traiga algo?

Él la miró con un ardor que Francesca no supo si era un rastro del infierno del que acababa de volver o si lo causaba ella. Sólo supo que algo estaba cambiando muy deprisa entre ellos y que no sabía interpretarlo.

–¿Y si lo que necesito de ti es algo más personal?

–preguntó él, basculando la pelvis para que notara su sexo endurecido.

Francesca sintió su cuerpo responder automáticamente.

–Te lo daría –susurró sin titubear.

Marcos la recorrió con la mirada y Francesca sintió sus pezones endurecerse con sólo recordar lo que le había hecho unas horas antes.

–¡Dios mío! Eres una tentación irresistible –murmuró él. Y agachando la cabeza, le dejó un rastro de besos en el cuello.

Francesca sentía la dureza del suelo en la espalda, pero no le importó. El firme cuerpo de Marcos presionándola, el calor y el temblor que le transmitían sus labios, la anticipación de lo que le seguiría, incrementó la presión que sentía entre las piernas.

Deseaba a Marcos, y en aquel instante las consecuencias de satisfacer su deseo la tenían sin cuidado.

Se arqueó contra él, excitándose con el gemido que arrancó de su garganta.

–No te contengas, Marcos –dijo–. Quiero que lo hagas.

Marcos le besó un pezón a través de la camiseta, mordisqueándolo y presionándolo hasta hacerla enloquecer.

–¡Por favor, Marcos! –jadeó.

Pero en lugar de quitarle la camiseta, él alzó la cabeza.

–Por favor, ¿qué?

–Por favor...

–¿No puedes decirlo, verdad? Quieres pedirme

que te haga el amor, pero los dos sabemos que no puede ser.

Soltándole los brazos, Marcos se sentó, apoyando la espalda en la cama y cerrando los ojos.

Francesca se incorporó sobre los codos y lo miró desconcertada.

–Esto no es lo que quieres después de haber esperado cuatro años, Francesca –continuó él–. No soy capaz de darte ternura. Sólo te puedo ofrecer puro sexo.

–Puede que eso sea lo que quiero.

Marcos rió.

–Lo dudo.

Ella se sentó y se rodeó las rodillas con los brazos, desconcertada por la intensidad que percibió en Marcos.

–¿Qué pasa en tus pesadillas, Marcos?

–Son demonios, querida, sólo demonios –se puso en pie y le tendió la mano para ayudarla a levantarse–. Ahora debes marcharte –y, acompañándola a la puerta, añadió–. Gracias por haberme despertado.

–¿Por qué no me dejas ayudarte?–preguntó ella.

Marcos la miró imperturbable.

–Porque ni tú ni nadie puede hacer nada.

–Eso es porque te niegas a aceptar ayuda. Nadie debería sufrir tanto.

–¿Qué sabes tú de eso, querida?

–Más de lo que te imaginas, Marcos.

Él la atrapó súbitamente contra la puerta cerrada.

–Apenas puedo controlarme, querida. Así que será mejor que te vayas antes de que haga algo de lo que nos arrepintamos por la mañana –susurró, antes de besarla con voracidad.

Ella se entregó sin titubear y Marcos, dando un gemido, la apretó contra sí y la sujetó con fuerza al tiempo mientras la besaba como si fuera un náufrago y ella su tabla de salvación.

Francesca le devolvió el beso con la misma pasión, sintiendo que su cuerpo ardía de deseo, anhelando que Marcos la arrastrara a su cama para que los dos pudieran satisfacer el ansia que los consumía.

Marcos se movió y Francesca notó que alargaba la mano hacia algo... antes de darse cuenta de que la empujaba al descansillo y le cerraba la puerta en la cara.

Capítulo 8

VOLARON en el avión de Industrias Navarro a la provincia de Cuyo, que era el centro de la producción de vino en Argentina. Aunque se trataba de una zona mayormente desértica, la llanura que rodeaba a Mendoza estaba ocupada por amplias áreas cultivadas y verdes prados.

Francesca se puso las gafas de sol para bajar la escalerilla tras Marcos. No había pegado ojo la noche anterior y se sentía adormilada. Marcos, por el contrario, parecía haber dormido plácidamente.

Para cuando bajó a desayunar, él ya estaba despierto. Apenas habían hablado, y habían actuado como si la escena de la noche anterior no hubiera tenido lugar. Francesca había estado a punto de mencionar el tema en más de una ocasión, pero no había sabido cómo, ni qué decir.

Un coche los esperaba al pie de la escalerilla. Francesca había asumido que irían directamente a casa de Magdalena, así que le sorprendió que se detuvieran en una calle comercial. Asumiendo que Marcos querría comprar algunos regalos para su familia, se dispuso a dormitar mientras lo esperaba en el coche.

–Vamos, Francesca –dijo él.

–¿Adónde? –preguntó ella, sorprendida.

–Necesitas ropa. Debía haberte llevado de compras en Buenos Aires.

–Tengo bastante para estos días.

–Pero no es apropiada.

Francesca sintió que le ardían las mejillas.

–¿Por qué no? ¿Vamos a un baile de disfraces? –preguntó con sorna.

–Me refiero a que no es apropiada para ti, querida –dijo él, indicando su cuerpo con un ademán de la mano–. Toda la ropa que tienes es dos tallas más grande que tú. Eres preciosa, Francesca, y quiero que tengas un vestuario que te favorezca.

–Este vestido me encanta –dijo ella, bajando la mirada hacia el vestido floreado que le llegaba a los tobillos.

–Y es muy bonito, pero parece un saco.

Francesca miró a Marcos fijamente. Era verdad que se lo había comprado cuando pesaba diez kilos más, pero le sorprendió que Marcos se diera cuenta. Avergonzada, abrió la puerta del coche bruscamente.

–De acuerdo, pero sólo compraremos lo esencial.

–Como quieras –dijo él.

Francesca entró en la primera tienda sintiéndose abochornada, pero el proceso no le resultó tan embarazoso como esperaba. Las dependientas fueron muy amables y la ayudaron a elegir, insistiendo cada vez en una talla menor de la que ella seleccionaba.

Para cuando volvieron al coche, habían pasado dos horas y las bolsas se habían multiplicado. A pesar de que Francesca no había querido aceptar más regalos de Marcos después del espectacular collar de esmeraldas que le había dado el día anterior, aunque sólo fuera temporalmente, tenía que admitir que iba a sentirse más segura con el vestuario que acababan de adquirir, incluido el vestido de lino color crema que se había dejado puesto en la última tienda.

Aun así, a medida que el encuentro con Magdalena y su bebé se aproximaba, su inquietud fue en aumento.

Cuando finalmente llegaron a una villa al sur de la ciudad, Francesca se pasó las manos sudorosas por los muslos, mientras intentaba prepararse psicológicamente para ver aparecer en la puerta, para darles la bienvenida, a una pareja sonriente con un niño en brazos.

¿Qué pensaría la hermana de Marcos si no conseguía disimular la emoción que iba a embargarla cuando viera al bebé?

Creía haber dejado atrás sus temores, el horror de su pérdida, que había conseguido convencerse de que el pasado no podía cambiarse y que era imposible recuperar lo que le había sido arrebatado, que sólo existía el futuro.

Y sin embargo, la idea de pasar tiempo con una familia feliz la aterrorizaba.

Cuando el coche se detuvo clavó la mirada en la puerta haciendo acopio de valor para el encuentro, pero antes de que apareciera alguien, Marcos bajó del coche mientras el chófer lo rodeaba y le abría la puerta. Ella bajó y se hizo sombra sobre los ojos con la mano para evitar ser cegada del sol. El aire era cálido y perfumado.

Finalmente la puerta se abrió y un hombre menudo se aproximó precipitadamente, intercambió unas palabras con Marcos y, tomando una de las maletas, alzó la voz para dar instrucciones a varios jóvenes que salieron de la casa detrás de él.

–Trabajan para mí –explicó Marcos, al ver la mirada de curiosidad de Francesca.

–Creía que íbamos a casa de tu hermana.

–Magdalena tiene su propio viñedo.

–¿Esta casa es tuya? –preguntó ella, observando, aliviada, el porche de columnas y las grandes vigas de madera del voladizo.

–Sí. Ésta es la Bodega Navarro. Cultivamos olivos, ciruelas y uva. Los chicos hacen aceite, vino y mermelada, los venden a los turistas y...

Francesca dejó de registrar lo que decía y sintió un zumbido en los oídos al darse cuenta de que Marcos contrataba a aquellos adolescentes para salvarlos de la calle. Aunque se sentía frustrado, era evidente que hacía lo que estaba en su mano, no sólo a través de la Fundación, sino implicándose personalmente en el proyecto, llevándolos a su casa y dándoles una ocupación.

Pensó que su corazón no iba a soportar aquella experiencia. Había aceptado que Marcos era un hombre decente al que le importaban los demás, y se había dicho que no había ningún mal en valorarlo, pero aquello... Aquello era demasiado.

Tendría que hacer un esfuerzo sobrehumano para recordar que estaba allí obligada, que Marcos sólo estaba interesado en El Corazón del Diablo y que debía resultarle indiferente que fuera bondadoso con los huérfanos o que sufriera pesadillas.

–Francesca.

Ella sacudió la cabeza al oír que repetía su nombre.

–Perdona, estaba distraída.

Marcos le ofreció el brazo diciendo:

–Ingrid nos habrá preparado un almuerzo espectacular. Debes estar hambrienta.

A Francesca la sorprendió comprobar que lo estaba.

–Tienes razón.

Marcos la acompañó a su dormitorio para que se refrescara y quedaron en un cuarto de hora en su puerta. Tras cepillarse el cabello y pintarse los labios, salió, y al ver a Marcos, espectacular con unos vaqueros gastados y una camisa con las mangas enrolladas, se le formó un nudo en la garganta.

En contra de lo que esperaba, en lugar de ir al comedor, salieron a una terraza que daba a un prado verde tras el que se veían las viñas, y al fondo los picos nevados de los Andes. Una mesa estaba preparada con un mantel de lino, vajilla de porcelana y un gran ramo de flores silvestres en el centro.

–¡Qué preciosidad! –exclamó.

–¿Verdad? –Marcos le separó la silla para que se sentara–. Intento venir siempre que puedo.

En cuanto se instalaron, apareció un joven con una botella de vino. Marcos dio un sorbo, asintió con aprobación y el chico llenó las dos copas con una sonrisa de oreja a oreja.

Cuando se fue, Marcos alzó la suya hacia la luz.

–Es un Malbec –explicó–. Las uvas son originales de Francia, pero se dan mejor en Argentina.

Bebió cerrando los ojos mientras Francesca lo observaba, hipnotizada. Al notar que se le secaba la garganta también bebió. Estaba exquisito.

–¡Qué bueno! ¿Lo hacéis aquí?

–Sí.

–¿Por qué dices que no haces bastante por los chicos? No sé qué más podrías hacer.

Marcos se encogió de hombros con pesadumbre

–Cada día hay más niños en la calle vendiendo drogas o su cuerpo para sostener a sus familias. Otros, ni siquiera tienen familia.

–Yo creo que haces una labor maravillosa, Marcos.

Francesca sintió que se le atenazaba la garganta al ver correr hacia ellos, riendo y gritando de excitación, a un niño de piernas regordetas al que intentaba atrapar una niña que no parecía mayor de doce años.

Marcos se puso en pie de un salto y tomó al niño en brazos antes de que huyera. La niña se quedó parada con la cabeza inclinada y las manos detrás de la espalda.

–Disculpe, señor Navarro –una mujer alta y rubia, que debía ser la madre de la niña, salió de la casa precipitadamente–. En cuanto me despisto unos segundos el niño se escapa. Isabel sólo intentaba detenerlo.

Marcos sonrió al pequeño que reía y daba saltitos en sus brazos.

–No tiene importancia, Ingrid. ¿Quién es este pequeño?

La mujer se secó las manos en el delantal al tiempo que se acercaba.

–Es el hijo de Ana Luisa, una chica nueva. Se llama Armando.

–Ya veo –el niño abrió los ojos al ver la comida que llegaba a la mesa, y sacudió los brazos. Marcos rió–. Quizá tenga hambre.

–Justo iba a darle de comer.

–No te preocupes, puede quedarse con nosotros.

–No les dejará comer tranquilos, señor.

Marcos sonrió con una ternura que sorprendió a Francesca.

–No te preocupes, nos arreglaremos.

Ingrid asintió antes de añadir:

–Mandaré a Isabel con su comida.

–Está bien.

La mujer y la niña se fueron y Marcos se sentó con Armando en el regazo. El corazón de Francesca, que se había detenido hacía unos minutos, comenzó a latir aceleradamente.

Armando se lanzó a tocar el plato caliente que un chico dejó delante de Marcos y éste rió.

–No, pequeño. Ten paciencia.

Francesca intentó concentrarse en la comida, que estaba deliciosa. Alguien llevó un tenedor extra y Marcos, tras asegurarse de que no quemaba, le dio al niño un poco de arroz. Isabel volvió con un filete cortado y verduras, y dejó el plato al lado de Marcos.

–¡Qué bien se te dan los niños! –consiguió decir Francesca a pesar de que sentía una presión en el pecho que la ahogaba.

Miró al niño, que alzó la vista hacia ella. Era adorable, tenía el cabello negro, la piel cetrina y unos inmensos ojos oscuros protegidos por largas pestañas.

Francesca no pudo evitar preguntarse qué aspecto habría tenido su pequeña. Bruscamente dejó el tenedor en el plato y se llevó la mano a la boca. Sólo se había enterado de que su bebé era una niña un par de semanas antes del atraco.

Marcos la observaba con inquietud.

–¿Te encuentras bien, Francesca?

Ella sacudió la cabeza.

–No es nada.

–Si no me equivoco ayer me censuraste por decir eso mismo. ¿Estás segura?

–Completamente –Francesca miró a Armando–. El niño tiene hambre.

–¿Quieres darle de comer?

Francesca sintió un nudo en la garganta.

–No, parece muy contento contigo.

–¿Te asustan los niños? –preguntó Marcos al tiempo que daba otro bocado a Armando.

–Un poco.

–Yo creo que serías una madre excelente.

–¿Por qué dices eso? –preguntó Francesca con el pulso acelerado.

–Porque eres compasiva y cuando amas a alguien te entregas al cien por cien. Si actúas como lo haces por un anciano al que quieres, ¿qué no harías por tu hijo?

Francesca dejó la servilleta sobre la mesa. La sensación de que Marcos podía leer en su alma le hacía sentir vulnerable, expuesta, como si la conociera mejor que nadie.

–Me temo que anoche no dormí bien –se excusó, poniéndose en pie–. Me duele la cabeza, así que voy a echarme.

–Pero apenas has probado bocado... –dijo él con cara de preocupación.

–Se me ha pasado el hambre.

Y sin esperar respuesta, Francesca se marchó. No podía soportar por más tiempo la visión de Marcos con el niño en brazos.

Francesca no conseguía conciliar el sueño. Había pasado la tarde en su dormitorio, viendo la televisión y tratando de leer. Justo cuando pensaba en salir para tomar algo, había aparecido una chica con una bandeja, diciendo que la mandaba el señor Navarro. Francesca se había llevado la bandeja a la cama y acabó hasta la última migaja, evitando buscar un significado al hecho de que Marcos fuera tan atento.

Dando un resoplido, se levantó de la cama y descorrió las cortinas. La luna estaba casi llena e iluminaba las hileras de viñas. Francesca se puso unos vaqueros, un jersey fino y las deportivas, y decidió dar un paseo.

Fuera, reinaba un silencio absoluto. Francesca atravesó el prado hasta llegar al viñedo. Las filas eran largas y estrechas, y en las cepas encrespadas asomaban las primeras hojas. Se adentró por una de las filas hasta llegar a un cruce en el que había un árbol aislado, grande, de tronco también retorcido, y reconoció un olivo.

Algo se movió al final de la fila, sobresaltándola. Francesca dio la vuelta para volver hacia la casa.

–¿Quién está ahí?

Al reconocer la voz, suspiró aliviada, al mismo tiempo que estallaba en su interior el calor que sentía cada vez que Marcos estaba cerca.

–Soy yo, Francesca –dijo, elevando la voz.

–¿Qué haces aquí? –preguntó él, acercándose.

–No podía dormir. ¿Y tú?

Marcos se detuvo delante de ella y se rascó la cabeza.

–Tampoco.

El calor que irradiaba de su cuerpo hizo que Francesca se sintiera reconfortada. Olía maravillosamente, a tierra y a limón.

–¿Sueles salir a pasear de noche? –preguntó ella.

–Me gusta la paz que se respira entre las viñas.

Francesca había sentido lo mismo.

–¿Por qué has dejado ese olivo solo?

–No lo sé. Siempre ha estado ahí. ¿Qué tal tu cabeza?

–Mejor. ¿Y Armando?

Marcos sonrió.

–Se lo ha comido todo.

–Lo has atendido muy bien.

–No es más que un niño. Es fácil hacerlos felices –dijo Marcos, encogiéndose de hombros.

–Me sorprende que no te hayas casado y que no tengas familia numerosa –comentó Francesca–. Pensaba que sería una de tus prioridades.

–¿Por qué dices eso?

–¿Quién heredará todo esto?

–Magdalena y sus hijos, o la Fundación.

–¿Quieres decir que no piensas tener hijos? –preguntó Francesca, perpleja.

Marcos dio otro paso hacia ella.

–¿A qué se deben esta preguntas, Francesca?

–Pura curiosidad –dijo ella, metiendo las manos en los bolsillos.

–Yo también siento curiosidad por saber por qué tu compromiso matrimonial fracasó.

–Robert decidió que el matrimonio no estaba hecho para él –Francesca se encogió de hombros–. Así es la vida.

–Lo que me parece increíble es que desde entonces no hayas estado con ningún hombre.

–He estado muy ocupada y nunca me he sentido lo bastante interesada por nadie.

Marcos metió un dedo en la trabilla de su pantalón y la atrajo hacia sí.

–Pues parece que yo sí te intereso.

–Estamos casados –dijo ella, conteniendo la respiración–. Es parte del contrato.

–¿Harías el amor conmigo porque está en el contrato?

–Creía que no me quedaba elección.

Marcos le retiró un mechón de cabello detrás de la oreja.

–Claro que la tienes, pero creo que aun así, me elegirías.

–Estás muy seguro de ti mismo –dijo ella, sintiendo la sangre correr por sus venas y alcanzar cada célula de su cuerpo.

–No se trata tanto de seguridad en mí mismo como la convicción de que hay algo entre nosotros que...

Inclinó la cabeza hasta que sus labios casi rozaron los de ella.

–¿Qué? –musitó Francesca.

Marcos la abrazó por la cintura y ella le rodeó el cuello.

–Hay algo en ti que estoy deseando explorar.

–Pero anoche...

–Anoche no era el momento adecuado, pero hoy sí.

Francesca no preguntó por qué, pero supo que tenía razón. También ella estaba preparada de otra manera, y lista para lo que iba a suceder. No sentía ni temor ni dudas. Ni siquiera le importaban las consecuencias. Sólo sabía que quería superar sus miedos con el hombre al que había amado en el pasado y al que podría volver a amar.

Su cuerpo tembló cuando sus labios se tocaron. Sus brazos se relajaron, su interior se fundió como oro líquido.

Marcos se separó unos milímetros y susurró.

–A no ser que quieras hacer el amor a la intemperie, será mejor que entremos.

–Me da lo mismo, Marcos –dijo ella, besándole el cuello.

–A mí también, pero no tenemos mantas y hace frío.

Francesca asintió, dándole la razón.

–Entonces, te echo una carrera hasta la casa –dijo.

Y sin esperar respuesta, echó a correr.

Capítulo 9

MARCOS le dejó ganar la carrera y una vez dentro de la casa, le tomó la mano y la llevó a su dormitorio. Nunca pasaba la noche entera con sus amantes. Quedaba con ellas en sus casas o en un hotel y se marchaba antes del amanecer. Nunca dormía con nadie. Jamás.

Aunque Francesca fuera la primera persona que había sido testigo de sus pesadillas, tampoco pensaba dormir con ella. Le haría el amor, y cuando estuvieran exhaustos, se iría a su dormitorio.

Al llegar, Francesca pareció sufrir un ataque de timidez. Se separó de él y se entretuvo ordenando las revistas que tenía sobre la mesilla.

—¿Has cambiado de idea? —preguntó Marcos, prefiriendo saber la verdad cuanto antes.

—No —respondió ella con expresión desafiante.

Marcos sonrió.

—Ven aquí, gatita mía. No tienes por qué tener miedo.

—¿De verdad piensas que te tengo miedo? ¡Qué creído eres!

Marcos rió. Luego se quitó la camisa y la tiró al suelo. Sentía la sangre bombeándole en las venas. Habría querido poseer a Francesca de inmediato, pero estaba decidido a controlarse. Tenía que compensar ocho años de espera.

Cruzó la habitación sin apartar los ojos de ella y hundió las manos en su melena.

–Tienes un pelo precioso –dijo–. No sé por qué no lo has llevado siempre así.

Francesca bajó la mirada. Marcos vio una vena pulsante en la base de su garganta, y pensó que nunca había encontrado a una mujer tan atractiva como a ella, con aquella explosiva combinación de inocencia y sensualidad de la que parecía no ser consciente. Por una fracción de segundo se le pasó por la cabeza que fuera una pose, pero lo descartó de inmediato. La mujer que había intentado robarle para poder cuidar de un viejo amigo no recurriría a ese tipo de artimañas.

Además, ¿de qué iba a servirle si estaban en su dormitorio y él la iba a desnudar lentamente y a hacerle el amor tantas horas como fuera posible?

¡Cuánto iba a disfrutarlo!

Francesca veía la escena como si no estuviera viviéndola en persona. Le costaba creer que Marcos Navarro estuviera ante ella, con el torso desnudo y atrayéndola hacia sí. ¿De verdad eran sus ojos los que la miraban con expresión ardiente? ¿Cómo era posible que ella fuera la causa del bulto que se notaba en sus pantalones?

Le rodeó la cintura con los brazos y sintió el calor de su piel quemándola. Luego alzó la cabeza y se puso en puntillas para cubrir la distancia que separaba sus bocas. De otra manera, temía despertarse y descubrir que no se trataba más que de un sueño.

El beso fue mucho más delicado de lo que había esperado, como si Marcos se esforzara por ser cuidadoso.

—Marcos —musitó contra sus labios—. No voy a romperme. Bésame.

—Te estoy besando —susurró él.

—Quiero decir que me beses de verdad.

—Está bien.

Francesca contuvo el aliento cuando él le tomó el rostro entre las manos y la besó con una pasión tan intensa, tan ardiente, que no supo ni cómo llegaron a la cama.

Marcos separó sus labios de ella los segundos necesarios para quitarle el jersey y volvió a besarla.

Francesca le desabrochó el pantalón al tiempo que le soltaba el sujetador y lo dejaba caer al suelo. Ella lo rodeó por la cintura y sus torsos desnudos entraron en contacto, piel contra piel. La sensación fue tan exquisita, que ronroneó como un gato.

Sin romper el beso, Marcos la tomó en brazos y la echó sobre la cama, tumbándose sobre ella, y Francesca pensó que era excitante estar así, desnudos de cintura para arriba, y sintiendo el resto del cuerpo a través de la ropa. Ardía de deseo; sentía corrientes eléctricas por todo el cuerpo que le causaban un cosquilleo en los brazos y las piernas. Marcos se incorporó y empezó a quitarle los pantalones.

—Apaga la luz —dijo ella.

—Quiero verte —dijo él, deteniéndose un instante.

—No, Marcos, no puedo.

Él frunció el ceño.

–¿Por qué? ¿Crees que no vas a gustarme? ¿De verdad eres tan tonta?

Francesca cruzó los brazos sobre el pecho.

–Me da vergüenza.

–Ya lo sé, pero yo quiero demostrarte lo hermosa que te encuentro.

Marcos le quitó los pantalones y las bragas de un solo movimiento y luego se quitó los suyos. Su sexo erecto quedó liberado en toda su gloria.

–¿Te parece que hay algo en tu cuerpo que no me excite, gatita?

Francesca asintió, muda, a la vez que sentía una bola de fuego crecer en su interior.

Marcos se tumbó sobre ella, presionándola con su peso contra la cama. Francesca pensó que nunca había experimentado nada tan erótico y que tenía que deberse a que llevaba años esperándolo. La mera anticipación de que por fin iba a hacer el amor con él, la embriagaba.

Marcos se deslizó hacia abajo.

–Llevo tiempo queriendo hacer esto... –susurró, presionando sus senos entre sí para lamer sus pezones alternativamente.

–Marcos... –gimió ella, pensando que si seguía haciéndolo moriría.

–Sabes dulce, Francesca. Eres todo lo que un hombre podría desear –dijo él, contra su piel húmeda.

Con la lengua, trazó una línea hasta su ombligo, y luego siguió bajando, dejando un rastro de besos en su cadera, en su vientre.

Francesca contuvo el aliento al notar que seguía bajando. Estaba segura de que no sobreviviría.

–Marcos, no...

Él masculló algo en español, algo sexy y obsceno que acalló sus protestas. Y entonces él le separó los muslos y la miró. Francesca respiraba entrecortadamente imaginando lo que iba a suceder. Hacía años que nadie le proporcionaba placer. Marcos la abrió con los pulgares y luego pegó a ella su boca, chupando y succionando aquella parte de ella que llevaba tantos años desatendida.

Francesca sintió una sacudida instantánea y estalló en un clímax como una llamarada blanca que arrancó de su garganta un profundo gemido.

–¡Dios mío! –exclamó Marcos–. Eres increíblemente sexy.

Y volvió a acariciarla con su boca antes de volver a sus labios y besarla mientras ella le rodeaba las piernas con su cintura. Con voz grave, susurró:

–Quería ir despacio, pero no puedo esperar. Avísame si te hago daño.

–No soy virgen –dijo ella, acariciándole el pecho y arqueándose para sentirlo contra sus senos.

–Pero puede que estés sensible después de tantos años.

–Da lo mismo, Marcos, te deseo.

¡Qué liberador le resultaba poder decir aquellas palabras y saber que él sentía lo mismo!

Lo tomó por la nuca y lo atrajo hacia sí para besarlo. Él pareció darse por vencido y la penetró de un diestro empuje que la dejó sin respiración. Francesca alzó las caderas y jadeó al sentir una sacudida de placer. Marcos separó su boca de la de ella.

–No te muevas –dijo con voz ronca y ojos brillantes–. Por Dios, no te muevas.

Pero ella volvió a hacerlo.

–Es maravilloso –musitó, meciendo las caderas y teniendo que reprimir un grito de placer.

Marcos apretó los dientes.

–Sí, pero si no paras, acabaremos enseguida.

Ella le acarició la mejilla y rió.

–No me habías dicho que tenías problemas de «precocidad».

Él dejó escapar una maldición antes de estallar en una carcajada.

–¿Por qué me haces reír? ¿Es que esto no te parece serio?

–Mucho.

–También lo es para mí –dijo Marcos. Y empujó las caderas hacia adelante.

Francesca sintió un escalofrío recorrerla desde la cabeza a los pies y sus ganas de bromear fueron sustituidas por un deseo puramente físico, abrasador.

–Marcos...

Cuando él volvió a embestirla, Francesca olvidó lo que iba a decir porque perdió toda capacidad de pensar para sólo sentir.

–Claro que sí, mi gatita. Éste es un asunto muy serio –susurró él.

Francesca se entregó a la sensación de sus cuerpos en contacto, moviéndose rítmicamente, sus alientos mezclados, sus lenguas entrelazándose al tiempo que entrechocaban con un frenesí creciente, como si bailaran un tango, una maravillosa danza en la que ambos buscaban el placer mutuo.

El aire se cargó de electricidad, y Francesca sintió que la energía se concentraba en una bola en sus entrañas que acabaría por estallar, abrasándola en el proceso.

Aquel estado de euforia pareció durar una eternidad y ser breve a un tiempo. Y sin que le diera tiempo a prepararse, la lanzó al espacio, dejándola jadeante y temblorosa, haciendo que su cuerpo se disolviera en la nada más absoluta. Oyó gemir a Marcos de satisfacción, sintió un poderoso empuje final, y el cuerpo de Marcos se sacudió con un temblor al alcanzar el clímax.

Unos segundos después, Marcos se incorporó sobre los antebrazos para no aplastarla con su peso, y Francesca echó de menos su calor, la sensación de estar fundidos en uno. Querría haberlo hecho de nuevo de haberle quedado una gota de energía.

Y claramente, él también, si podía interpretar como prueba de ello el que su sexo volviera a endurecerse de inmediato.

Francesca se estiró perezosamente, todavía flotando en una nube de placer de la que no quería bajar para volver a la realidad. Ya tendría tiempo de hacerlo.

—¿Qué tal te has sentido, mi gatita? ¿Ha valido la pena esperar tanto tiempo?

—Desde luego que sí —ronroneó ella.

Marcos rió antes de darle un beso en la oreja.

—¿No decías que estaba demasiado seguro de mí mismo?

—Y es verdad, Marcos.

—¿Ah, sí?

–¿Por qué me llamas «gatita»?

Marcos sonrió con picardía.

–Porque eres fiera y dulce al mismo tiempo.

Por más que hubiera querido evitarlo, Francesca supo que había abierto su corazón de par en par y permitiéndose sentir en exceso. ¿Estaba arriesgándose a quemarse en las llamas de Marcos?

–¿En qué estás pensando? –preguntó entonces Marcos. Sin esperar respuesta, añadió, insinuante–: No quiero que pienses más que en mí.

Y se empeñó en conseguirlo.

Estaba sentado en el suelo, en una celda oscura, vacía; se oían las ratas roer la pared. Tenía las muñecas esposadas, hinchadas y ensangrentadas por las heridas que se había hecho al intentar soltarse.

Había perdido la cuenta de los días que llevaba allí.

De pronto oyó un siseo cada vez más próximo y gritó para ahuyentar a la serpiente...

–¡Marcos!

Marcos parpadeó. Estaba a oscuras, pero yacía sobre una cama y estaba acompañado.

–¡Marcos, tranquilo! –dijo una voz de mujer–. Estamos solos tú y yo.

La mujer se abrazó a él y su primer instinto fue apartarla de sí, pero luego quiso que se quedara.

–Francesca –susurró.

–Sí, soy yo. Voy a traerte agua –dijo ella, haciendo ademán de levantarse.

Marcos se aferró a ella.

–¡Quédate, por favor!

Ella pareció titubear, pero finalmente volvió a abrazarse a él. Su cálido cuerpo reconfortó a Marcos, que se quedó mirando al techo, extrañado de no querer marcharse.

–¿Quieres que hablemos de ello? –preguntó Francesca quedamente.

–Es una pesadilla recurrente; estoy en una habitación oscura, con ratas y serpientes.

–¿Tiene que ver con algo de tu infancia?

Marcos tragó saliva. ¿Cómo iba a contarle algo tan espantoso?

–Algo parecido.

Francesca le acarició la cicatriz del abdomen que le había dejado el machete de un enemigo.

–¿Y esto también está relacionado con la pesadilla, Marcos?

–Se acabaron las preguntas –dijo él, colocándose sobre ella–. Se me ocurre algo mucho mejor que hacer.

Capítulo 10

FRANCESCA se resistía a levantarse teniendo a Marcos en su cama, pero el hambre acabó por decidirla. Se dio una rápida ducha, consciente del dolor placentero que sentía en distintos puntos del cuerpo, partes que llevaba años sin sentir.

Recordó la última vez que habían hecho el amor, después de que Marcos despertara de una de sus pesadillas. Marcos había estado intenso, entregado, y ella había intentado mitigar su dolor dándose en cuerpo y alma.

Pero lo que realmente habría querido era que se sintiera libre para hablar con ella, que la tomara por algo más que una compañera de cama. Todavía se le aceleraba el corazón al recordar el tono en el que la había llamado «gatita», pero no debía olvidar que sólo mantenían un acuerdo temporal. Tenía que evitar pensar en él.

Tras secarse, se puso uno de los conjuntos nuevos, una camisa de seda de color crema y unos pantalones amarillo pálido, y al mirarse en el espejo tuvo que admitir que Marcos estaba en lo cierto al decir que su vieja ropa no la favorecía.

Volvió al dormitorio para descubrir con desilusión

que Marcos se había ido, y se preguntó qué pasaría a partir de entonces, si compartirían dormitorio o sólo cama, o si Marcos preferiría actuar como si no hubiera pasado nada.

Al acercarse a la cocina oyó voces y ruidos, y se asomó para ver qué pasaba. Armando estaba sentado en su trona, golpeando la bandeja mientras Ingrid hablaba acaloradamente con otra mujer. Al verla, enmudecieron.

—Buenos días, señora Navarro —saludó Ingrid—. Si quiere sentarse en la terraza, le llevaré el desayuno en unos minutos.

—Claro —dijo Francesca, que no lograba acostumbrarse a ser llamada «señora Navarro»—. Pero, ¿qué pasa? ¿Puedo ayudar en algo?

Ingrid suspiró y miró a la otra mujer de soslayo.

—Ana Luisa se ha escapado con un chico, y ha dejado a Armando.

Francesca miró al niño con ojos desorbitados.

—¿Lo sabe Marcos?

—Se lo acabo de decir y ha mandado que la busquen.

—¿Cuándo ha huido?

—Durante la noche. Cuando he llegado he encontrado al pobre Armando solo en la cuna —dijo Ingrid, acariciando el cabello del niño, que rió, ajeno a lo que estaba sucediendo—. No sé cómo voy a cuidar de él con todo lo que tengo que hacer.

—¿Y si me lo llevo? —preguntó Francesca impetuosamente, sorprendiéndose a sí misma y, por cómo la miraron, también a Ingrid y a la otra mujer.

—¡No puedo consentirlo, señora, está usted en su

luna de miel! Tiene que pasar tiempo con su marido, no ocupándose de un niño.

–¡Tonterías! –dijo Francesca–. Armando no tiene la culpa de lo que está pasando y yo no tengo nada que hacer.

–¿Está segura?

Lo cierto era que no lo estaba, pero aun así, dijo:

–Por supuesto.

Ingrid lavó la cara de Armando y se lo acercó. Por una fracción de segundo, Francesca pensó que había cometido un error y titubeó, pero el niño sonrió, abrió sus brazos regordetes, y se abrazó a su cuello.

Olía a leche, a cereales y a aire fresco. Habría querido estrecharlo y besarlo, pero se lo llevó a la terraza y lo sentó en su regazo mientras esperaba que le llevaran el desayuno. Armando soltaba gritos de placer y saltaba arriba y abajo mientras Francesca sentía una presión en el pecho al pensar que su niñita habría tenido para entonces cuatro años. Hasta aquel día se había alejado de los niños porque su presencia le resultaba demasiado dolorosa, pero tener a aquel niño en brazos estaba resultando la mejor medicina. Aparte de hacer el amor con Marcos, se dijo.

Como si lo hubiera invocado, Marcos apareció en la puerta con expresión atormentada, aunque pareció animarse al verla e incluso sonrió a Armando.

–¿La has encontrado? –preguntó Francesca cuando se sentó.

–No.

Marcos alargó los brazos para tomar a Armando, que rió a carcajadas cuando le hizo cosquillas en la tripa con la nariz.

Francesca sintió una punzada de dolor al pensar que quería vivir así, con Marcos y un hijo en común, con noches como la que acababan de pasar y una sucesión de días llenos de felicidad. Pero no era más que una fantasía, y jamás se convertiría en realidad.

–¿Qué pasará si no la encuentras?

–¡Ojalá lo supiera!

–¿Y qué será de Armando?

Marcos miró al niño.

–Alguien cuidará de él.

–¿Quién?

–Todavía no lo sé.

La idea de que aquel niño creciera sin su madre atravesó a Francesca como un puñal, pero ¿qué podía decir? Su relación con Marcos no era más que una farsa, así que la posibilidad de que él y ella adoptaran a Armando era más que impensable.

–Lo siento, Marcos, sé que te duele que se haya marchado.

–Ya te he dicho que no puedo salvarlos a todos –dijo él con un rictus de amargura–. Además, que Ana se haya ido no quiere decir que haya vuelto a las calles. Puede que se casen.

–¿Qué suelen hacer los chicos a los que empleas? –preguntó Francesca para distraerlo del problema.

–Algunos van a la universidad; otros, aprenden un empleo. Y unos y otros pueden trabajar en Industrias Navarro.

Era una tarea verdaderamente admirable, pero Francesca no lograba comprender por qué él parecía concentrarse sólo en los fracasos.

–¿Y qué sería de ellos si no fuera por ti, Marcos?

Él la miró con solemnidad.

–Se dedicarían a las drogas, a la prostitución; algunos combatirían –añadió.

–¿En guerras? –preguntó Francesca, perpleja.

–Sí. Hay mucha inestabilidad en Latinoamérica, y las guerrillas que luchan contra los que perciben como opresores, resultan muy atractivas para aquéllos que no tienen nada que perder.

Francesca sintió el corazón acelerársele.

–No tenía ni idea –dijo. Recordó la cicatriz de Marcos y sus pesadillas y quiso saber la verdad–: ¿Fue eso lo que te pasó a ti?

Marcos la observó con una heladora frialdad.

–¿De verdad quieres saberlo? ¿Crees que puedes salvarme si descubres la causa de lo que me pasa? ¿Que el amor de una buena mujer ahuyentará las pesadillas?

Se puso tan a la defensiva que Francesca tuvo la seguridad de haber dado en el clavo, y sintió una enorme tristeza al pensar en cuánto había sufrido y cómo, aunque no se diera cuenta, el guardarlo para sí mismo estaba acabando con él.

–Sí, Marcos, quiero saberlo. Pero sólo tú puedes salvarte.

La comida llegó antes de que Marcos contestara. La hija de Ingrid tomó a Armando y lo puso en un corral a jugar. Estaba cansado y pronto se quedó dormido, chupándose el dedo.

Francesca asumió que Marcos aprovecharía la interrupción para cambiar de tema, por eso le sorprendió que dijera, pensativo:

–No he hablado de ello nunca con nadie. Pero sí,

luché en la guerrilla, Francesca. Vi la muerte, la desesperación y el mal que es capaz de causar un hombre a otro.

–Estoy segura de que no podías actuar de otra manera –dijo ella, conteniendo las lágrimas porque estaba convencida de que Marcos no quería su compasión.

Marcos suspiró y se apoyó en el respaldo de la silla.

–Siempre he hecho lo necesario para sobrevivir, pero preferiría haber tenido elección.

–Ahora entiendo que odiaras tanto a tu tío y por qué El Corazón del Diablo te importa tanto –Francesca se inclinó sobre la mesa y lo tomó por una de las muñecas.

Marcos reaccionó al instante, retirando el brazo bruscamente.

–¡No vuelvas a hacer eso! –exclamó.

Francesca se acomodó en su silla con las manos entrelazadas en el regazo y recordó las otras ocasiones en que Marcos había reaccionado violentamente cuando le había sujetado las muñecas. Habría querido preguntarle cuál era la causa, pero se contuvo. Ya había hurgado demasiado en sus recuerdos.

–Sólo pretendía decirte que eres demasiado severo contigo mismo, y que te centras en tus fracasos y no en tus victorias.

Marcos se pasó una mano por el cabello, maldiciendo entre dientes. Francesca daba en la diana y con ello derribaba sus defensas. Había tenido tantos éxitos que ya no los valoraba.

–Tienes razón –dijo, reflexivo–. Me tomo los fracasos personalmente, sobre todo con los niños. Pero es que un fracaso con ellos no significa que pierda dinero o mi prestigio, sino una vida.

–Salvas muchas otras.

Marcos dio un sorbo al café. Necesitaba la cafeína. Los cambios se sucedían aceleradamente. Había llevado a Francesca a Argentina para castigarla por haberle robado El Corazón del Diablo y para asegurarse que nunca más lo reclamaría. Nunca había imaginado que fuera a hacerse un hueco en su corazón y a leer en su alma como no lo había hecho nunca nadie.

Y lo cierto era que no le gustaba tener que revisar sus opiniones, ni darse cuenta de que debía verla desde un nuevo punto de vista.

Sin embargo, sabía que si hubiera tenido que elegir entre ponerla en un avión aquella misma tarde, o dormir con ella, no dudaría en conservarla a su lado.

Había bastado una noche para que hacer el amor con ella se convirtiera en una adicción. Y puesto que sabía por experiencia que ése sólo sería un sentimiento pasajero, pensaba aprovechar cada minuto mientras durara. A pesar de que su aguda intuición y sagacidad lo alteraran ocasionalmente.

–Sí, la Fundación salva vidas, pero ojalá algún día no sea necesaria.

–Puede que ese día no llegue –dijo Francesca–. Pero lo que sí sé es que tú nunca te darás por vencido.

Marcos asintió con la cabeza y miró hacia Armando, que seguía durmiendo.

–También sería más feliz si Ana Luisa volviera. Su niño la va a echar de menos.

A Francesca se le llenaron los ojos de lágrimas.

–No comprendo cómo puede ser feliz sin él. Puede que lo eche tanto de menos que acabe por volver.

Marcos estudió su rostro, diciéndose que parecía... abatida. Como si anhelara tener un hijo, aunque el día anterior hubiera dicho que la asustaban. Cuando la había encontrado con Armando en brazos, parecía encantada.

–Ojalá tengas razón, pero lo dudo –dijo–. Tiene dieciséis años y para ella un niño es una carga. Quiere ser libre y pasarlo bien. Por mucho que lo quiera, se habrá convencido de que el niño estará mejor sin ella.

Francesca consideró aquella posibilidad, perpleja.

–O puede que ese chico le haya sorbido el seso sólo temporalmente.

–¿Es eso lo que te pasó a ti, querida? –preguntó Marcos con dulzura.

–¿Qué quieres decir?

–Conmigo. ¿Recuperaste el juicio pronto o habrías preferido seguir los dictados de tu corazón? ¿Habrías venido conmigo si te lo hubiera pedido?

Francesca desvió la mirada.

–Te habría seguido al fin del mundo, Marcos, aunque supongo que habría averiguado la verdad pronto.

–¿Qué verdad?

–Que sólo me estabas utilizando.

–Como tú a mí.

–Puedes seguir creyendo eso si te hace sentir mejor –dijo Francesca antes de clavar una mirada airada en él–. Pero lo cierto es que si alguien me hubiera dicho que lo nuestro podía funcionar si le pedía a mi

padre que te comprara, lo habría hecho. Así de enamorada estaba. Así de engañada.

Sus palabras afectaron a Marcos.

–Sabes que no necesitabas decírselo con esas palabras, que bastaba una insinuación.

–Jamás hablé sobre ti ni con él, ni con nadie de mi
familia, porque sabía lo que me iban a decir.

–¿Y qué creías que te dirían?

Francesca alzó la barbilla en un gesto que Marcos
había aprendido a interpretar como un mecanismo de
defensa.

–Que me engañaba, que no era ni lo bastante
guapa ni lo bastante lista, que jamás te fijarías en mí.

Marcos se enfureció al imaginar que su familia
pudiera decirle ese tipo de cosas. Pero no le costaba
creerlo. Al menos de su madre y de su hermana. Su
padre, en cambio, la adoraba.

–Se habrían equivocado, Francesca.

Ella rió con desdén.

–Claro. Me lo demostraste muy bien dejándome
antes de que la tinta se secara en el certificado de matrimonio.

Marcos le tomó la cara entre las manos y la besó
hasta dejarla sin respiración. Luego apoyó su frente
en la de ella y susurró:

–Ya no podrían decirte nada de eso, y lo sabes.
Deja de hurgar en las heridas del pasado y concéntrate en el futuro.

Francesca alzó la cabeza y un brillo de tristeza se
reflejó en sus ojos avellana.

–¿Y por qué tú no sigues tus propios consejos?
Porque si quieres que te diga la verdad, me parece

que estás tan atrapado por el pasado que no disfrutas del presente.

Llegó la noche sin que encontraran a Ana y a su novio. Francesca se turnó con las demás mujeres para jugar con Armando, que por más bueno que fuera, empezaba a dar muestras de echar de menos a su madre.

Francesca acababa de dejarlo con Ingrid y se disponía a dar un paseo, cuando Marcos salió de su despacho.

No habían hablado desde el desayuno porque ni siquiera se había asomado para comer.

Francesca había asumido que quería ignorarla a causa de lo que le había dicho por la mañana. Al verlo en aquel momento, sintió una opresión en el pecho.

–¿La han encontrado? –preguntó.

Marcos sacudió la cabeza. Parecía tan abatido y desesperanzado que Francesca sintió el impulso de abrazarlo y decirle lo que sentía. Y súbitamente supo, con una nitidez que la dejó sin aliento, que amaba a Marcos Navarro. Lo amaba de verdad, no con el amor infantil que la había cegado años atrás. No tenía nada que ver con el hombre egoísta y cruel que pensaba que era. Era un hombre sensible, con más principios y sentido ético que cualquier otra persona que conociera. Incluida su familia. Ninguno de ellos había expresado nunca la más mínima preocupación por aquéllos menos afortunados en la vida; sólo les había oído hablar de obras de beneficencia si les interesaban para la declaración fiscal.

Sin embargo, Marcos, que había sufrido y padecido en su infancia, había dedicado su vida a cuidar de los demás. Y ella lo amaba por eso mismo,

Ser consciente de ello hizo que la recorriera un escalofrío de alegría y de temor porque sabía que Marcos ni la amaba ni la amaría nunca.

–¿Cómo está Armando? –preguntó Marcos.

–Bien. Ingrid se lo ha llevado.

–Es la primera vez que pasa algo así –dijo él, pasándose la mano por el cabello–. No puedo permitir que vaya a un orfanato.

Francesca consiguió vencer su parálisis, fue hasta él, se abrazó a su cintura y apoyó la cabeza en su pecho. Marcos la estrechó contra sí.

–Claro que no. Y no vas a tener que hacerlo –dijo ella.

–¿Ves como eres una gatita, fuerte y cariñosa? No sabes cuánto me alegro de que nunca hayas perdido la ilusión.

Francesca alzó la cabeza para mirarlo.

–Te equivocas Marcos, claro que he sufrido desilusiones, pero eso no significa que me haya dado por vencida.

–Yo tampoco –dijo él, acariciándole la cabeza–. Quizá en el fondo no seamos tan distintos.

Francesca sintió al instante que se quemaba y tuvo que bajar la mirada para que Marcos no adivinara lo que sentía.

El grito de un niño les llegó desde el interior y Marcos se tensó.

–Será mejor que vayamos a verlo, puede que le calme nuestra presencia –dijo ella.

–Tienes razón –dijo Marcos, tomándola de la mano y entrando en la cocina.

La escena que encontraron era caótica. Ingrid intentaba sacar las manos de la masa para el pan mientras Isabel recogía los espagueti con salsa de tomate que había esparcidos por el suelo, la mesa, sobre Armando y sobre ella misma. Los fragmentos de un cuenco de cerámica asomaban entre la pasta.

Armando gritaba a pleno pulmón en lo alto de su trona. Francesca corrió a ayudar a Isabel mientras marcos tomaba al niño en brazos y le lavaba la cara. Sólo cuando se lo pasó a Francesca, después de que ésta acabara de ayudar a Isabel, el niño dejó de gritar. En cuanto lo tomó, el niño empezó a tranquilizarse y al poco de que le cantara una canción, se quedó dormido sobre su hombro.

–Le gustas –dijo Marcos, con una sonrisa que derritió el corazón de Francesca.

–Por ahora. Luego preferirá irse contigo.

–Lo dudo, gatita. Sabe que tienes un corazón generoso.

Francesca se ruborizó y desvió la mirada hacia Ingrid, que le guiñó un ojo. Luego fue al salón y se sentó en un sofá con Armando. Marcos la siguió. Ella sintió que el corazón se le encogía al recordar que nunca compartirían una vida así, que aquél no era un matrimonio de verdad, y que había cometido un gran error al no mantener la cabeza fría. Pero ¿cómo podía hacerlo si todo lo que descubría de Marcos la empujaba a quererlo más?

Marcos se apoyó en la mesa de café situada frente al sofá.

–¡Y decías que los niños te asustaban...!

–Nunca había tenido a uno tan cerca –dijo ella, acariciando los rizos de Armando al tiempo que los ojos se le llenaban de lágrimas.

Marcos se inclinó hacia ella y le secó la mejilla.

–¿Qué pasa, querida? ¿No me has dicho que debía tener esperanza? ¿No puedes seguir tu propio consejo?

–No es eso –susurró Francesca, súbitamente desbordada por lo que sentía y lo que quería expresar–. Una vez estuve embarazada.

–¿Embarazada? –repitió Marcos, perplejo.

Francesca asintió con la cabeza, y con el corazón palpitante, continuó:

–Perdí el bebé a los seis meses. Hubo un atraco en la joyería y me dieron una paliza. La niña no sobrevivió.

–¡Dios mío, Francesca...!

–Jacques cuidó de mí cuando lo único que quería era morir. Me salvó de mí misma.

–¿Y tu madre y tu hermana?

–Jacques las llamó, pero después de lo de El Corazón del Diablo no quisieron saber nada de mí.

–¿Cuándo fue eso? –preguntó Marcos, visiblemente afectado–. ¿Qué pasó con los hombres que te lo hicieron?

–Fueron a la cárcel. Pero hay algo más –Francesca suspiró–. Los médicos dijeron que nunca podría tener hijos.

Capítulo 11

MARCOS estaba tan horrorizado que no supo qué decir. De pronto comprendía por qué Francesca había parecido incómoda la primera vez que vieron a Armando y se había excusado diciendo que necesitaba descansar. Lo que en realidad quería era escapar.

Habría querido destruir a los hombres que le habían causado tanto dolor, que la habían dejado enfrentarse al futuro sin su bebé.

Se puso en pie bruscamente y Francesca alzó la mirada al tiempo que se secaba las lágrimas que le humedecían las mejillas. Marcos estaba demasiado emocionado como para poder expresarse. Necesitaba estar a solas unos minutos, reflexionar sobre lo que Francesca acababa de contarle

–Tranquilo –dijo ella súbitamente–. Lo comprendo.

–¿El qué?

–Que estés enfadado y que te alegres de que el contrato sólo sea por tres meses. Es lógico que te espante tener una mujer estéril.

Francesca tuvo la seguridad de que nunca olvidaría la forma en que Marcos la estaba mirando en aquel momento. Tenía la cicatriz de la cara blanquecina, como cuando estaba en tensión, y apretaba los puños con fuerza.

Pensó que debía haber esperado a que hablara, pero no había podido aguantar su silencio por más tiempo y había preferido adelantarse. De otra manera él se habría visto obligado a expresar sus condolencias y ella habría tenido que darle las gracias. Y eso sí que le hubiera resultado insoportable, especialmente mientras sostenía en sus brazos a un niño que podría ser el hijo de Marcos.

—Francesca, lo que estoy pensando no tiene nada que ver con eso.

Ella se enfadó consigo misma por sentirse tan débil cuando durante todos aquellos años había aprendido que para sobrevivir tenía que ser fuerte.

—No te preocupes, Marcos. No tienes por qué darme explicaciones.

Él se sentó y apoyó los codos en las rodillas.

—Tienes razón en que estoy enfadado, pero es con los hombres que te hicieron daño. Incluido Robert. Me encantaría encontrarlo y...

Francesca pudo atisbar el guerrero que había en él y un escalofrío le recorrió la espalda.

—Forma parte del pasado, Marcos. La venganza no me devolverá a mi hija. Si no, yo misma la llevaría a cabo.

Marcos la contempló con una expresión nueva que Francesca no supo descifrar.

—Ahora comprendo por qué aquella noche no te reconocí —dijo él—. Has cambiado mucho, Francesca, y no sólo físicamente. ¿Eres consciente de lo fuerte que eres? ¿Cómo puedes creer que no eres hermosa cuando irradias una belleza cegadora?

Armando se removió en sus brazos, evitando que Francesca, que se había quedado muda, tuviera que contestar. ¿Era posible que Marcos pudiera sentir algo, que pudiera surgir algo maravilloso entre ellos?

En ese momento sonó el móvil y él lo contestó.

–Sí.

La conversación duró apenas segundos. Con la mirada velada, Marcos se inclinó para acariciar la cabeza de Armando a la vez que sacudía la suya con pesadumbre.

–¿Qué pasa, Marcos? –preguntó ella, angustiada por lo que evidentemente eran malas noticias.

–Han encontrado a Ana. Ella y su novio estuvieron bebiendo. Han muerto en un accidente de coche.

La casa estuvo sumida en un caos total durante varias horas. Marcos fue con uno de los hombres a reclamar el cadáver de Ana. Los chicos salieron de los talleres, perdida la concentración en el trabajo; Ingrid consolaba a Isabel, que no cesaba de llorar.

Aunque Ana llevaba poco tiempo en el viñedo, Isabel y ella se habían hecho muy amigas. Era una chica vivaracha y divertida que sólo ansiaba ser amada.

Nadie sabía quién era el padre de Armando; sólo sabían que la había abandonado.

Armando dormía en su cuna, donde Francesca lo había acostado después de que se despertara por el bullicio general y rompiera a llorar, contagiado por el llanto de los demás.

Para cuando Marcos volvió, era tarde. Todo el mundo se había acostado y una de las jóvenes se había trasladado al dormitorio de Ana para estar con Armando. Francesca había estado a punto de mudarlo al suyo, pero no quiso despertarlo.

En cuanto vio la expresión de dolor de Marcos, se emocionó. ¿Cómo era posible que el hombre capaz de dirigir un imperio estuviera destrozado por la muerte de una chica a la que ni siquiera conocía?

Francesca lo comprendía porque había llegado a la conclusión de que Marcos peleaba por sus chicos como ella lo había hecho por Jacques o por su bebé, con todo su corazón, con todas sus fuerzas.

Él se aproximó a ella y, sorprendiéndola, la tomó en brazos.

–No digas ni una palabra, Francesca. Te necesito demasiado como para hablar.

Ella no fue consciente de que Marcos la llevaba a su dormitorio hasta que, nada más entrar, le quitó la blusa. Y por alguna extraña razón, el que fueran al dormitorio de él en lugar de al suyo hizo que la esperanza se hiciera un hueco en su corazón.

Se quitaron la ropa el uno al otro precipitadamente y en cuanto estuvieron desnudos cayeron sobre la cama en una confusión de brazos, piernas, y labios buscándose a ciegas.

Francesca estaba tan excitada que no necesitó preliminares. Rodeó la cintura de Marcos con sus piernas, urgiéndole a penetrarla. Pensó que le haría el amor con urgencia, pero una vez estuvo en su interior, Marcos se empezó a mover con delicadeza, penetrándola profunda y pausadamente.

Francesca nunca había sentido nada parecido, ni su corazón se había sentido jamás tan pletórico como al hacer el amor con el hombre al que amaba hasta la médula.

¿Qué sentiría Marcos? ¿Compartiría la felicidad que experimentaba ella, o sólo sentía el placer habitual que le proporcionaba el cuerpo de una mujer?

Él tomó el rostro de Francesca entre sus manos, obligándola a mirarlo mientras le hacía el amor, y ella tuvo la certeza de que Marcos debía ver reflejados sus sentimientos en su mirada, e intuirlos en cada uno de sus gemidos.

–Eres preciosa, Francesca. Preciosa –susurró.

Y la besó profundamente al tiempo que aceleraba sus movimientos hasta arrastrarla a un clímax que la sacudió de arriba abajo, para luego deslizar la mano entre sus cuerpos y volver a excitarla hasta hacerla estallar una segunda vez, acompañándola en aquella ocasión con su propio clímax.

Después, Marcos rodó hasta yacer a su lado con la respiración agitada y los ojos cerrados. Su cuerpo brillaba de sudor y Francesca deseó montarlo a horcajadas y volver a hacer el amor. Pero también supo que el sexo ya no sería bastante, que quería más de Marcos Navarro.

Jamás había pensado que pudiera sentir algo así. Después de la muerte de su bebé, había pensado que nunca más volvería a amar con tanta intensidad.

Observó el cuerpo de Marcos, que se tapaba los ojos con el brazo, con la palma mirando hacia arriba. Francesca se inclinó para observar la pálida marca que tenía en la muñeca y se dio cuenta de que era una cicatriz. Titubeante, la recorrió con el dedo. Él se sobresaltó, pero no reaccionó con la violencia que lo había hecho en otras ocasiones. Entonces Francesca trazó la cicatriz de su abdomen. Marcos retiró el brazo de la cara y la observó con ojos brillantes.

—Igual que a ti te gustaría vengarte de los hombres que me hicieron daño, Marcos, yo querría borrar el dolor que has padecido y que estas cicatrices te impiden olvidar.

—Sé que lo harías —Marcos le tomó la mano y le besó los dedos—. Yo no puedo evitar pensar que si no me hubiera cruzado en tu vida, todo habría sido distinto para ti.

—Y si tu tío no hubiera traicionado a tus padres y no les hubiera dado El Corazón del Diablo a mis padres, todo habría sido distinto. O quizá no.

—¿Siempre has sido tan estoica?

—Claro que no —dijo ella, acariciándole el brazo hasta llegar a su muñeca—. ¿Vas a decirme qué te causó estas cicatrices?

Marcos cerró los ojos con gesto tenso.

—Nunca se lo he contado a nadie. Es muy desagradable, Francesca.

—¿Tanto como perder un hijo o saber que nunca podrás concebir por culpa de una brutal paliza?

Marcos maldijo entre dientes. Francesca pensó que no era una buena señal, pero finalmente, él empezó a hablar.

—Fui capturado por el enemigo, encadenado en una celda a oscuras, sin comida, y con la mínima agua –giró ambas muñecas para mostrarle las cicatrices.

Francesca recordó entonces la mirada de odio que Marcos le había dirigido cuando lo esposó a la cama, y se dio cuenta, angustiada, de que había contribuido a recordarle aquel horroroso episodio de su pasado.

–Me torturaron para que les diera información, pero fracasaron. Así que me encerraron a oscuras, con ratas y serpientes que salían de las grietas de la pared –Marcos rió secamente–. Pasé una noche con una pitón enrollada a mi lado para que le diera calor. Todavía no sé cómo me libré de que me estrangulara.

–¡Dios mío, Marcos! –susurró Francesca, con los ojos anegados en lágrimas.

–He sido testigo de cosas espantosas, Francesca. Y debes saberlo para comprender por qué he perdido la capacidad de amar.

–No te creo –dijo ella, sintiendo que se le encogía el corazón.

Marcos la aprisionó contra la almohada, ocultando el rostro en el hueco de su cuello.

–Créeme –susurró, acariciándola con su aliento–. Puedo disfrutar y hacer disfrutar del sexo, y te deseo. Pero no puedo amarte.

Aunque pronto la penetraba y la elevaba a nuevas cotas de placer, Francesca no sintió ni la alegría ni la liviandad de la vez anterior.

Marcos se incorporó, sobresaltado, pero la angustiosa pesadilla se diluyó en cuanto vio a Francesca a su lado. Al comprobar que no despertaba, dedujo que no había gritado o que Francesca estaba exhausta de tanto hacer el amor.

Había necesitado olvidar los espantosos acontecimientos de la jornada cobijándose en ella.

La pobre Ana Luisa había quedado completamente desfigurada a consecuencia del accidente. Por eso la imagen de Francesca acunando a Armando y su delicada pero tenaz insistencia en que le contara sus secretos se habían convertido en el mejor consuelo.

Y aunque no comprendía la razón de haberle contado todo sobre su vida, no podía negar que se sentía aliviado, como si se hubiera quitado un peso de encima.

Su corazón seguía acelerado por la pesadilla, pero no tanto como habitualmente. Era la primera vez que no recordaba los detalles vívidamente.

Se tumbó pegándose a la espalda de Francesca y su sexo se endureció en cuanto sintió el contacto con sus nalgas, pero después de la actividad que habían tenido, dudaba que fuera capaz de hacer el amor. Pasó la mano por la cintura de ella, sintiendo un bienestar que no recordaba haber sentido nunca junto a una mujer.

No había mentido al decirle que no podía amarla, pero tenía que admitir que sentía algo especial por ella. En cierto sentido, tenía la impresión de que eran almas gemelas.

Le besó un hombro y aspiró el aroma de su cabello. Luego se lo retiró a un lado y le besó la nuca. Ella se revolvió suavemente con un leve ronroneo y Marcos sintió su sexo endurecerse aún más.

¿Cómo era posible que el cuerpo de Francesca le hubiera pasado desapercibido en el pasado? Estaba seguro de que su hermana había sabido siempre que Francesca algún día se transformaría en un cisne, que, en el fondo, era la más hermosa de las dos, y que por eso había sido tan cruel con ella.

Él siempre había pensado que era tan falsa como el resto de su familia, pero ya no estaba tan seguro. Y si es que lo había sido, la vida ya la había castigado suficientemente.

Lo torturaba pensar cuánto había sufrido cuando su familia la había repudiado por haberle dado El Corazón del Diablo. Si su familia no se hubiera arruinado, nunca habría trabajado en una joyería, ni habría sufrido un ataque tan brutal.

Pero, ¿qué otra cosa podía haber hecho? La joya le pertenecía y era el símbolo de su dinastía.

Francesca se giró hacia él y buscó con sus labios el sensible punto tras la oreja, antes de lamerle el cuello hasta llegar al hueco entre las clavículas. Marcos gimió al sentir que rodaba sobre él y se sentaba sobre su sexo en erección.

Sorprendentemente, sí pudo hacer de nuevo el amor.

Al día siguiente, cuando se organizaban los preparativos para el entierro de Ana, fue a visitarlos Magdalena con su familia. Francesca tardó apenas unos minutos en encontrarla encantadora; y supo que era sincera cuando expresó su horror ante las noticias de la casa.

También se dio cuenta al instante de que adoraba a Marcos, y que el sentimiento era recíproco. Así que era evidente que Marcos se equivocaba cuando decía que no era capaz de amar. Jugó con los niños, sostuvo al bebé en brazos y dio regalos a todos. Cuando Magdalena le preguntó a ella si quería tomar al bebé en brazos, él le había lanzado una mirada de inquietud, como si quisiera asegurarse de que se encontraba bien, y aquel gesto la emocionó.

—Claro que sí —dijo precipitadamente, tomando a Amelia.

La estrechó contra sí y aspiró profundamente su aroma a jabón y a talco. Le resultaba doloroso abrazar un bebé tan pequeño, pero al menos podía hacerlo, mientras que apenas unos días atrás le habría resultado imposible.

Hasta aquel momento había sentido la necesidad de apartarse de ellos, pero había recuperado el placer de disfrutar de su presencia.

El trabajo de Marcos en la Fundación le había hecho darse cuenta de la cantidad de niños que necesitaban padres; que ella no pudiera tener hijos propios no significaba que no pudiera formar una familia.

Una vez Magdalena y su familia se fueron, Marcos fue a su despacho a trabajar y Francesca decidió ir dar un paseo con Armando por el viñedo para despejar la mente.

Amaba a Marcos, pero éste le había dejado bien claro que nunca podría amarla, así que debía plantearse cómo iba a poder pasar los siguientes tres meses. Se debatía entre intentar pasar el mayor tiempo posible con él y aprovechar los días que pasaran juntos, o volver a marcar las distancias para proteger su corazón y no sentirse destrozada cuando llegara el fin de su convivencia.

El resto de la semana transcurrió teñida por la tristeza de celebrar el entierro y el funeral de Ana Luisa, para el que Marcos no reparó en gastos.

Al volver del funeral, Francesca llamó a Gilles, pero las noticias que recibió la aliviaron. Jacques estaba respondiendo bien al tratamiento y Gilles había contratado a un joyero y a un encargado para atender la joyería.

Francesca colgó con una mezcla de alegría y tristeza al pensar que Gilles y Jacques podían arreglárselas perfectamente sin ella.

–¿Qué pasa, querida? –preguntó Marcos a su espalda.

Francesca estaba tan pensativa que no le había oído entrar.

–Acabo de hablar con Gilles. Dice que Jacques está bien y que la joyería está funcionando sin problemas.

–¿Por eso pareces tan preocupada?

–Me resulta extraño que no me necesiten.

–Pero te necesitamos aquí.

–Sólo para un par de meses –dijo ella.

Marcos no le prestó atención o no oyó el comentario.

–Mañana por la mañana volvemos a Buenos Aires –dijo, en cambio.

–¿Y qué va a ser de Armando? –preguntó ella con el corazón encogido.

–Estoy buscándole una casa de acogida, pero por ahora, es mejor que se quede aquí

–¡Pero Marcos, se ha encariñado de nosotros!

–Francesca, no vamos a llevárnoslo –dijo él con severidad–. Necesita una casa permanente, y no alguien que vaya a abandonarlo al cabo de un tiempo.

–¡Yo no lo abandonaría! –exclamó Francesca.

–Claro que sí: cuando expire el contrato

Capítulo 12

BUENAS Aires representó para Francesca un dramático contraste con la tranquila belleza de Mendoza. Y más aún cuando Marcos y ella habían pasado los últimos días en el viñedo haciendo el amor todas las noches, paseando y charlando sobre la Fundación.

También habían pasado horas con Armando, disfrutando de picnics con él bajo el olivo, acostándolo cada noche.

Se habían comportado como una familia feliz, y Francesca, sin darse cuenta, había llegado a creer que lo eran y que por más que Marcos dijera que no la amaba, sí amaba a Armando lo bastante como para querer que ella permaneciera a su lado y cuidara de él.

Sin embargo, Marcos le anunció que estaba buscando a alguien para que lo adoptara.

«¡Eres tonta, tonta, tonta!» se dijo una y otra vez, consciente de que era absurdo pensar que Marcos fuera a quedarse con una mujer que no podía tener hijos

A medida que transcurrió su primer día en Buenos Aires fue siendo consciente de cuánto echaba de menos a Armando. Y por más que supiera que Marcos quería lo mejor para el niño, la idea de no volver a verlo la destrozaba.

Marcos volvió de la oficina a las ocho. Entró directamente a la sala, donde Francesca veía la televisión, dejó el maletín y la chaqueta sobre el sofá, tomó el mando a distancia y silenció el aparato.

–Mañana por la noche vamos a dar una cena –dijo sin preámbulos–. Necesito que decidas un menú con el chef. Y tienes que elegir un vestido apropiado para lucir El Corazón del Diablo.

Francesca se irritó.

–¿Qué tipo de cena?

–De trabajo. Pero va a venir una pareja que está interesada en adoptar a Armando.

–Se ve que no pierdes el tiempo –dijo ella con resentimiento.

–¿No era una prioridad encontrar una familia para el niño? –preguntó él, desconcertado.

–Desde luego. Pero parece que crees que es tan sencillo como ir a una tienda y comprar un traje.

–Que me parezca una pareja apropiada no quiere decir que haya tomado la decisión –dijo él, malhumorado.

Francesca fue consciente de que era absurdo enfadarse porque Marcos estuviera buscando un hogar para Armando, que era absurdo sentir rencor. Pero en el fondo sabía que el problema era otro y que tenía que enfrentarse al hecho de que Marcos no pensaba en ellos dos como una pareja, porque no la amaba.

La expresión de Marcos se transformó, dulcificándose.

–Francesca, siento que te dé pena, pero es mi responsabilidad encontrar unos padres de adopción. Sé que te has encariñado con él, pero sabes que no vas a permanecer en su vida.

–Claro –dijo ella, sabiendo que no podía protestar.

–Me alegro de que estés de acuerdo conmigo –dijo él, satisfecho.

Pero Francesca no lo estaba. Sólo sentía el dolor de saber que las cosas no serían nunca como ella deseaba. Y de pronto supo que no podría soportarlo, que no podía pasar otros dos meses con Marcos, compartiendo su cama, actuando de anfitriona de sus fiestas, viviendo con él y amándolo, cuando sus sentimientos no eran correspondidos, ni lo serían nunca.

Porque por más que Marcos sintiera lástima por lo que le había sucedido, nunca se quedaría con una mujer que no pudiera tener hijos.

No podía vivir por más tiempo aquella farsa, y cuanto antes se fuera, mejor.

–Me voy a la cama –dijo, poniéndose en pie.

Marcos la miró con expresión inescrutable.

–Buenas noches, Francesca. Hasta mañana.

Para evitar echarse a llorar, ella dio media vuelta y se fue.

Aquella noche Marcos no fue a su cama a pesar de que lo deseaba, pero sabía que Francesca estaba enfadada con él y quería demostrarse a sí mismo que no la necesitaba, que el poder que ejercía sobre él no era más que un intenso deseo sexual.

Además, una noche en soledad les sentaría bien a ambos y les permitiría aclarar sus mentes sobre lo que había sucedido en Mendoza.

Había disfrutado de cada momento que habían pasado juntos, y aunque su estancia se había visto teñida por la tragedia, se había sentido feliz en su compañía. Francesca había sido una sólida roca en medio de la tormenta y había cuidado de Armando como una madre a pesar de que debía haberle recordado el dolor de su propia pérdida.

La admiración que sentía por ella había crecido exponencialmente, y hasta se había planteado convencerla de que siguieran juntos cuando el contrato llegara a su fin. Porque disfrutaba de su compañía, adoraba hacer el amor con ella y se sentía mejor comprendido por ella que por ninguna otra persona en el mundo.

Pero el día del entierro, se había dado cuenta de que no podía pedirle que se quedara con él porque Francesca se merecía algo mejor: un hombre sin un pasado tan espantoso como el suyo y que pudiera amarla de verdad; alguien con quien formar una familia de adopción si eso era lo que decidía hacer.

Por eso, cuando había visto en su mirada aquella noche que quería conservar a Armando y vivir como una familia, había tenido que hacer un esfuerzo sobrehumano para mantenerse firme en su decisión. Era lo apropiado y Francesca acabaría pro darle las gracias en el futuro.

Al día siguiente desayunaron juntos. Francesca estaba ausente y distraída, además de enfadada. Jugueteó con la comida en el plato sin llegar a probarla, hasta que alzó la mirada y la clavó en él.

—Me marcho, Marcos —dijo.

Él prefirió ignorar el vuelco que le dio el corazón.

–¿Adónde?

–Vuelvo a Nueva York.

Marcos habría querido gritar, pero se limitó a decir con calma:

–Tenemos un contrato, querida.

–Lo sé. Pero también sé que no le retirarás el tratamiento a Jacques, y ésa era la única razón de que permaneciera a tu lado. Ahora sé que eres demasiado bueno y que, por muy enfadado que estés conmigo, no abandonarás a alguien tan necesitado de ayuda.

–Puede que te equivoques –la amenazó él sin convicción–. El Corazón del Diablo...

–Es tuyo. Escribiré una carta diciendo que te pertenece. Yo nunca lo quise, Marcos, sólo quería el dinero para cuidar a Jacques. Ahora, me da lo mismo.

–¿Al menos piensas decirme por qué te vas?

Francesca inclinó la cabeza y tragó saliva. Cuando volvió a alzarla, sus ojos brillaban de emoción.

–Porque te amo y quiero que seas feliz, y sé que yo no puedo darte la felicidad. Por eso, si te importo lo más mínimo, te ruego que me dejes ir.

Marcos sintió que el corazón se le encogía. No quería que Francesca se marchara, pero sabía que impedírselo sería una crueldad.

–Está bien –dijo, sintiendo cada palabra como papel de lija en la garganta–. Lo organizaré todo.

Aquel año la nieve había llegado a Nueva York antes de lo habitual. Las aceras estaban cubiertas de un manto blanco inmaculado y todo tenía un aspecto fresco y mágico.

Francesca estaba aterida, pero no de frío. Llevaba tres semanas allí y no había sabido nada de Marcos.

El último día en Buenos Aires había conseguido organizar la cena, se había puesto un precioso vestido granate y había lucido El Corazón del Diablo. Incluso había conocido a la encantadora pareja que deseaba adoptar a Armando.

Marcos había actuado como si no pasara nada, mientras que ella sentía que en su corazón se abría una grieta cada vez que le oía reír. Una parte de ella había albergado hasta el último momento la esperanza de que se negara a dejarla ir, de significar algo para él.

Pero no había hecho nada por retenerla. De hecho, ni siquiera había salido a despedirse cuando, a la mana siguiente, la recogió el coche que la llevó al aeropuerto. Parecía haber decidido cortar todo lazo con ella.

Francesca caminaba con el cuello del abrigo levantado y la mirada fija al frente, recordando con melancolía el calor del desierto de Mendoza, y los gloriosos días transcurridos allí con Marcos. Eso la llevó a Armando y a preguntarse si ya estaría en su nuevo hogar, y a rogar que estuviera sano y que su madre adoptiva lo amara tanto como lo habría hecho ella.

Aunque Marcos no se había puesto en contacto, suponía que no tardaría en mandarle los papeles del divorcio.

Afortunadamente, el otro frente de su vida era más luminoso, y Jacques había mejorado enormemente. En unos días saldría del hospital, y tendría atención domiciliaria veinticuatro horas al día. Y aunque no aseguraban nada, los médicos se sentían cada día más optimistas respecto a su recuperación.

Francesca subió las escaleras a su apartamento, entró, se quitó la bufanda y el abrigo y fue a la cocina para remover el guiso que había dejado cocinándose. Era increíble la facilidad con la que había recuperado sus rutinas, y lo vacía que le resultaba su vida.

Llamaron al telefonillo de la puerta principal y fue a abrir, convencida de que sería un mensajero con los papeles de divorcio. Un hombre subió con un pequeño paquete bajo el brazo, que le tendió al llegar al descansillo. Ella le dio las gracias y volvió a la cocina.

No tenía remitente y se preguntó si sería algo del hospital para Jacques. Tomó un par de tijeras y cortó el cartón. Una caja de terciopelo asomaba de un envoltorio de papel de seda. Francesca lo abrió con el corazón acelerado: el gran diamante amarillo, engarzado en una constelación de diamantes blancos era inconfundible.

Desdobló la nota que acompañaba a la caja: *Te espero en el Four Seasons. Un coche te recogerá a la puerta. Marcos*

Capítulo 13

MARCOS miraba por la ventana de la suite de lujo desde el piso cincuenta y uno, preguntándose si Francesca acudiría.

Le había enviado el collar en señal de rendición, pero temía que estuviera demasiado enfadada con él como para interpretar correctamente el mensaje.

Resopló y se pasó una mano por el cabello al tiempo que dirigía la mirada a las esposas que había comprado, preguntándose si sería capaz de llevar a cabo su plan.

Francesca había dicho que lo amaba, y sus palabras se habían repetido en su mente desde entonces. Al dejarla marchar había actuado de acuerdo a lo que pensaba que era lo mejor para ella, pero su vida se había convertido en un infierno

¿Seguiría odiándolo? ¿Se alegraría de haber escapado? ¿Sufriría?

Su pequeña gatita era valiente y fuerte, y la idea de que lo pasara mal le rompía el corazón.

Había hecho lo posible por dejar de pensar en ella a medida que pasaban los días, concentrándose en el trabajo y en la Fundación, pero su ausencia había dejado un enorme vacío que, en lugar de llenarse, aumentaba día a día.

Hasta que se había dado cuenta de que había cometido un inmenso error y tomó la decisión de reconquistarla.

Tomó las esposas.

En cuanto llegara le demostraría que la necesitaba, que podía ser el hombre que ella se merecía.

Francesca no se había molestado en quitarse los vaqueros y la camiseta, sino que, metiendo la caja en el bolso, había salido y se había montado en la limusina que la esperaba en la esquina.

Sin embargo, al llegar a la entrada del hotel, se arrepintió de no haberse arreglado.

El gran vestíbulo era de una elegancia espectacular y se sintió fuera de lugar. Había confiado en que Marcos saliera a recibirla, pero el conserje le indicó los ascensores y le dio una llave con el número de la habitación.

Subió al piso cincuenta y uno. Cuando entró en la suite presidencial, reinaba un completo silencio.

–¿Marcos? –llamó.

–Estoy aquí.

Francesca fue hacia la voz y entró en un dormitorio con unas vistas espectaculares sobre Central Park. Pero lo que captó su atención fue ver a Marcos sobre la cama, vestido, y apoyado en el cabecero, con un brazo levantado sobre la cabeza y esposado.

–¿Qué estás haciendo? –preguntó ella, agitada.

Marcos sonrió.

–Terapia.

Francesca corrió a su lado y dejó caer el bolso al suelo.

—¿Dónde está la llave?

—No lo sé. La he lanzado por ahí antes de cerrar las esposas, por si me arrepentía.

—¡Marcos, es una locura! —dijo Francesca, recorriendo la habitación con la mirada fija en el suelo.

—Es posible, pero tenía que hacer algo.

Francesca puso los brazos en jarras y lo miró indignada.

—¿Y si no hubiera venido?

—Sabía que vendrías.

—Podía no haber estado en casa.

—He preferido confiar en que sí.

—Por Dios, Marcos, ¿por qué no has llamado?

Él la miró con humildad.

—Temía que no quisieras hablar conmigo.

—¿Y has hecho esto para obligarme a escucharte? —dijo ella, volviendo a buscar la llave.

Cuando Marcos guardó silencio, intuyó que se concentraba para no sentir pánico.

Su corazón latía aceleradamente. Necesitaba encontrar la llave y liberarlo. No soportaba verlo así. Se arrodilló para palpar el suelo. Finalmente, dio con ella y corrió a abrir las esposas. En cuanto lo soltó, Marcos se inclinó hacia adelante y se abrazó a su cintura.

—¡Qué bien hueles, gatita! No sabes cuánto te he echado de menos.

Francesca posó las manos sobre sus hombros y lo empujó con suavidad hasta que la soltó. Luego retrocedió y se rodeó la cintura con los brazos.

–Estás enfadada conmigo –dijo él.

–Un poco –y herida y confusa.

Saber que Marcos seguía deseándola no la consolaba.

–Tienes motivos para estarlo –continuó él.

–¿Por eso estás aquí? ¿Porque te sientes culpable?

A Francesca le sorprendió descubrir hasta qué punto seguía enfadada. No comprendía qué pretendía Marcos. Le había mandado el collar y la nota para que fuera a su encuentro, pero no parecía que fuera a arrodillarse y a rogarle que volviera con él. En lugar de eso, se había esposado a la cama y le había dado un susto de muerte.

–He vuelto a tener pesadillas –Marcos se puso pie–. Son peores que nunca.

–¿Y has pensado que si venía a liberarte se te pasarían?

–Algo así.

Francesca sacudió la cabeza.

–¿Cómo es posible que hayan empeorado?

–Porque ahora es a ti a quien no puedo salvar.

–Pues puedes estar tranquilo porque estoy perfectamente.

–Ya lo veo. Pero sin ti no consigo dormir bien.

–¿Y qué pretendes, que vuelva a Argentina y duerma contigo cada noche?

–Sí.

Francesca le lanzó una mirada furibunda.

–Pídeselo a otra.

Marcos se pasó la mano por el cabello con impaciencia.

–Está claro que no lo estoy haciendo bien –se

acercó y la tomó por los hombros–. Te necesito, Francesca. Fui un estúpido al dejarte marchar.

Francesca sintió que los ojos se le llenaban de lágrimas aunque no llegara a creer lo que oía.

–¿Qué te ha hecho cambiar de idea, las pesadillas? No es suficiente, Marcos.

Él la soltó y fue hasta la ventana.

–Francesca, tengo miedo porque por primera vez en la vida me importa más el bienestar y la felicidad de alguien que la mía –dijo, mirando hacia el exterior. Luego se volvió a Francesca y añadió–: Sé que he cometido muchos errores y que es lógico que desconfíes de mí, pero estoy intentando decirte que te amo tanto como soy capaz de amar.

Francesca sintió que se le humedecían las mejillas.

–¿Tanto te cuesta decirlo?

–Sí, porque creo que no te convengo. Hay una parte de mí muy sombría, y me parece injusto que tengas que cargar con ella. Pero si alguien puede curarme, eres tú. Sin ti estoy perdido, y aunque sea egoísta, quiero que vuelvas a mi lado.

Francesca se dejó caer sobre la cama al sentir que las piernas le temblaban.

–Marcos, yo te amo –dijo, mirándolo fijamente–, pero también tengo miedo porque no puedo tener hijos y tú vas a querer tenerlos. ¿Cómo puedo estar segura que no te arrepentirás?

–Porque has sido tú quien me ha devuelto el valor de seguir adelante –Marcos se arrodilló delante de ella, le tomó las manos y la miró con gesto solemne–. Y tú mejor que nadie deberías saber que una familia

se construye en torno al amor y no a la genética. ¿O
es que consideras a Jacques menos cercano a ti que
tu hermana o tu madre?

Francesca sacudió la cabeza. La emoción le atenazaba la garganta, impidiéndole hablar.

Marcos le apretó las manos.

–¿Sabes por qué te he dado El Corazón del Diablo? –preguntó. Y añadió sin esperar respuesta–: Porque poseerlo sólo me ha causado tristeza. Estoy harto
de sentirme atrapado por el pasado. Quiero avanzar
y sólo podré hacerlo si estás conmigo.

–¿Y por qué darme el collar te libera del pasado?

–Porque puedes hacer con él lo que quieras: do-
narlo a un museo, dárselo a Jacques, o regalarlo. Pero
una vez lo hayas hecho, sólo te ruego que vuelvas
conmigo, a casa.

Por primera vez Francesca sintió que podía confiar en él, que decía la verdad.

–Pero, Marcos, has luchado demasiado para recuperarlo como para que ahora te dé lo mismo lo que
haga con él.

–Es tuyo, Francesca –dijo él, mirándola fijamente
a los ojos–. Y yo también.

–¿Te resignarías a no tener hijos biológicos? –preguntó ella–. Piensa que yo no he tenido elección,
Marcos, pero tú sí la tienes.

Marcos le besó ambas manos, luego atrajo su cabeza hacia él y le besó los labios.

–Te amo, Francesca, y que puedas o no concebir
un hijo mío no disminuye el amor que siento por ti.

Francesca sacudió suavemente la cabeza, confusa,

insegura, temiendo dejarse llevar por la felicidad que empezaba a sentir.

–Pero acabarás arrepintiéndote.

–No. ¿Cómo voy a arrepentirme si te amo con toda el alma? Te necesito como el aire que respiro. Y Armando también.

–¿Armando?

–Necesita una vida estable, y quiero que se la demos nosotros.

–Pero, ¿no le habías encontrado una familia?

–Ya la tiene. Somos nosotros, Ingrid e Isabel, además de los chicos de la Bodega.

Francesca cerró los ojos con fuerza.

–No es justo que me sobornes así.

–Me da lo mismo, mi amor. Estoy dispuesto a hacer lo que sea para conseguirte. Quiero pasar el resto de mi vida contigo. Quiero despertar cada día a tu lado, porque te amo como nunca he amado a nadie.

Francesca sintió su corazón henchirse. Alargó la mano y acarició la mejilla de Marcos. Él giró la cara para besarle la palma.

–Por favor, Francesca, di que volverás conmigo y que me amarás...

–Marcos, te amo tanto que me asusta.

–Entonces di que te casarás conmigo y que serás mi esposa para siempre.

–Afortunadamente ya estamos casados.

Marcos respondió con una seductora sonrisa.

–Entonces podemos pasar directamente a la luna de miel, que es mi parte favorita.

–Y la mía.

–Bien –dijo él, tirando del jersey de Francesca hacia arriba–. Será mejor que empecemos cuanto antes porque esta noche vamos a ver realizados muchos de nuestros deseos.

Y fue una noche maravillosa... Aunque Francesca no lo supo hasta muchas, muchas horas más tarde.

Epílogo

Marcos estaba sentado en la terraza de Bodegas Navarro, observando jugar al pequeño Armando y a Francesca y, como en tantas otras ocasiones, pensó que era el hombre más afortunado del mundo. Armando tenía ya tres años, y era un niño fuerte, listo y encantador. Marcos lo adoraba, y aunque le daba lástima que su madre hubiera muerto en circunstancias tan trágicas, se alegraba de que Francesca y él se hubieran convertido en sus padres adoptivos.

Ingrid apareció para llevarse a Armando y darle un baño, y Francesca se desplomó sobre una silla.

–¿Te ha agotado? –preguntó Marcos.

–¡Sí! –dijo ella, tomando un sorbo de la limonada que les había llevado una de las chicas.

Marcos la observó con una expresión peculiar.

–Francesca, te amo. Eres la mujer más hermosa del mundo.

–No hace falta que me lo digas todo el tiempo –dijo ella, riendo–. Llevamos dos años casados y estoy segura de que encuentras a otras mujeres mucho más guapas que yo.

–Pero es que no hay ninguna como tú. Lo digo porque lo pienso –Marcos se inclinó hacia ella y la besó–. Si quieres que nos echemos una siesta, me encantaría demostrarte lo hermosa que me pareces.

Francesca sonrió con picardía.

—Marcos Navarro, ¿intentas seducirme?

—Siempre que puedo —Marcos tiró de ella y la sentó en su regazo.

Francesca ronroneó de placer al sentir su sexo endurecido.

—¡Vaya, vaya! —bromeó—. Estoy deseando echarme esa siesta.

—Pues vamos dentro.

—¿Es que no paráis nunca?

Francesca se puso en pie de un salto y abrazó al hombre que acababa de salir a la terraza.

—Jacques, ¿cómo te encuentras?

—Muy bien, cariño.

Francesca lo ayudó a sentarse y le sirvió una copa de vino.

—¿Y cómo has dormido?

Jacques probó el vino e hizo un gesto de aprobación.

—Tan bien como puede dormir un hombre tan mayor como yo, querida. Ahora dejadme solo e id a hacer lo que fuerais a hacer. Yo me quedaré aquí a disfrutar de la vista.

—Y nosotros la disfrutaremos contigo —dijo Marcos sin titubear.

Francesca le sonrió y él volvió a pensar que era muy afortunado. Aquella misma noche le demostraría lo que sentía por ella.

Aquélla y el resto de las noches de su vida en común.

¿Castigo o seducción?

Hace unos años, la acaudalada Grace Tyler humilló a Seth y estuvo a punto de destrozar a su familia. Ahora, el antiguo peón se ha convertido en multimillonario, y está dispuesto a saldar sus cuentas pendientes. Conseguirá hacerse con el negocio de Grace, con su cuerpo y con su orgullo.

Sólo que este despiadado empresario no se ha dado cuenta de que el deseo lo consume por completo, con la misma fuerza con la que consume a Grace.

Ha vuelto para demostrar la culpabilidad de Grace, pero ahora es Seth el que necesita que lo rediman. Porque Grace tiene menos experiencia de la que él pensaba... ¡y espera un hijo suyo!

Orgullo y placer

Elizabeth Power

Acepte 2 de nuestras mejores novelas de amor GRATIS

¡Y reciba un regalo sorpresa!

Oferta especial de tiempo limitado

Rellene el cupón y envíelo a
Harlequin Reader Service®
3010 Walden Ave.
P.O. Box 1867
Buffalo, N.Y. 14240-1867

¡Sí! Por favor, envíenme 2 novelas de amor de Harlequin (1 Bianca® y 1 Deseo®) gratis, más el regalo sorpresa. Luego remítanme 4 novelas nuevas todos los meses, las cuales recibiré mucho antes de que aparezcan en librerías, y factúrenme al bajo precio de $3,24 cada una, más $0,25 por envío e impuesto de ventas, si corresponde*. Este es el precio total, y es un ahorro de casi el 20% sobre el precio de portada. !Una oferta excelente! Entiendo que el hecho de aceptar estos libros y el regalo no me obliga en forma alguna a la compra de libros adicionales. Y también que puedo devolver cualquier envío y cancelar en cualquier momento. Aún si decido no comprar ningún otro libro de Harlequin, los 2 libros gratis y el regalo sorpresa son míos para siempre.

416 LBN DU7N

Nombre y apellido	(Por favor, letra de molde)

Dirección	Apartamento No.

Ciudad	Estado	Zona postal

Esta oferta se limita a un pedido por hogar y no está disponible para los subscriptores actuales de Deseo® y Bianca®.
*Los términos y precios quedan sujetos a cambios sin aviso previo.
Impuestos de ventas aplican en N.Y.

SPN-03   ©2003 Harlequin Enterprises Limited

La noche de su vida

BRENDA JACKSON

A Derringer Westmoreland le persi-
guió durante semanas la imagen de
una mujer cuyo rostro no podía recordar tras una aventura de una única y
fantástica noche. Pero deseaba volver
a vivir aquella intensa pasión. Y cuando finalmente descubrió la identidad
de la misteriosa mujer, se llevó toda
una sorpresa; era Lucia Conyers, la
mejor amiga de su cuñada. Lucia no
estaba por la labor de convertirse en
una más de las chicas de Derringer.
Por primera vez en su cómoda vida,
iba a tener que llevar a cabo un corte-
jo. Y si quería ganarse el corazón de
Lucia, más le valía estar dispuesto a
arriesgarse a perder el suyo.

Una noche para recordar

La pasión que había entre ellos era tan fuerte,
que podría durar toda la vida

El príncipe Alaric de Ru-
vingia era tan salvaje e indó-
mito como el principado
que gobernaba. Las mujeres
se peleaban por calentar su
cama real, pero él siempre
se aseguraba de que ninguna se quedara en ella más
de lo debido. Entonces, llegó la remilgada archivera
Tamsin Connors, con sus
enormes gafas, y descubrió
un sorprendente secreto de
estado…

Tamsin consiguió captar
la atención de Alaric, que se
sintió atraído por su pureza y
enseguida la nombró ¡amante de su Alteza! Tenía que ser
sólo un acuerdo temporal
porque su posición lo obliga-
ba a un matrimonio de con-
veniencia…

El príncipe
indomable

Annie West